À PROPOS DE L'AUTRICE

Ève Borelli habite dans le sud de la France, entourée de sa famille ainsi que d'un chat extrêmement capricieux. Enseignante en lettres, elle aime écrire autant qu'elle apprécie les moments entre amis, les fous rires, les bons repas, les apéros précédant les bons repas et la légèreté.

Joyeux Noël
et laisse-moi tranquille !

ÈVE BORELLI

Joyeux Noël
et laisse-moi tranquille !

Harper
Collins
POCHE

HARPERCOLLINS FRANCE

83-85, boulevard Vincent-Auriol, 75646 PARIS CEDEX 13
Tél. : 01 42 16 63 63

www.harpercollins.fr

ISBN 979-1-0339-0713-8

Aux adeptes de WhatsApp, de #,
de smileys, de Noël, de Kinder Bueno et
du grand frisson de l'amour fou…

À toi qui fais les listes les plus belles, toi qui
as toujours le dernier mot mais qui me laisse
remporter absolument toutes les coupes.

Un Noël sans imprévus en est-il vraiment un ?

Avant

Un cookie aux pépites de chocolat blanc et au caramel beurre salé, juste tiède, qui a refroidi sur la table à l'ombre du grand pin de mon jardin

Aujourd'hui, Pia-Mia a bien voulu jouer avec moi. Elle a pris toutes les chenilles qui rampaient à la queue leu leu dans la cour de récré et elle me les a collées sur les bras, les jambes et dans le cou : c'était pour me décorer. J'ai eu très mal, et je suis allé à l'hôpital. Maman m'a dit que ce qu'elle avait fait était grave, car les poils des chenilles processionnaires sont très irritants. Elle ne veut plus que je parle à Pia-Mia, elle pense que c'est « une graine de mafieuse ». Je n'ai pas compris ce que ça voulait dire et, de toute façon, je m'en fiche. Pia-Mia a voulu jouer avec moi ! Enfin ! Je trouve que son jeu était drôle, moi. Pia-Mia a toujours de bonnes idées. Pia-Mia est encore plus géniale qu'un cookie aux pépites de chocolat blanc et au caramel beurre salé. Les cookies que maman m'a appris à faire. Ils sentent bon, et le meilleur, c'est de les manger tièdes, quand ils ont refroidi sur la table de notre jardin, à l'ombre du grand pin. C'est comme si l'arbre et les cigales leur donnaient encore plus de goût. Oui, Pia-Mia est comme un cookie.

Victor, 7 ans

Chapitre 1

Maintenant

Où un #sexprise et un smiley pêche rencontrent une guirlande de Noël. À leurs risques et périls.

Salon d'un appartement,
Vue sur le Vieux-Port de Marseille
19 heures

OK. Tout est en place. Je suis prête. Opé. Ready pour une nuit de folie. Ce sera plus intense qu'une soirée mousse au Cubana Pulpa, la boîte de night de ma jeunesse ; plus magique qu'une licorne aux rots aromatisés à la framboise, plus torride qu'une fondue aux trois fromages arrosée de vin blanc du Jura. Je me redresse, adopte une pose avantageuse et réajuste la « bretelle » (triple guillemets) de ma « tenue » (quadruple guillemets). Puis, plissant les paupières, je contemple mon reflet dans le miroir en pied d'un œil plus impitoyable que celui de Diego Santiego, mon coach de CrossFit, quand il me regarde exécuter à grand renfort de gémissements sa ronde infernale *jumping jack-burpees-squat-gainage-allez-y-les-filles-on-met-le-paquet-vous-en-êtes-capables.* (Oui, il me flique, parce qu'il a remarqué que j'ai tendance à m'affaisser comme une vieille poitrine sans push-up dès qu'il a le dos tourné. Il m'a d'ailleurs surnommée « la petite maligne du dernier rang ».)

Mais là, c'est une réussite. J'esquisse un sourire satisfait et m'autocongratule allègrement.

— Tu es une déesse, Pia ! Une DÉESSE ! Une DÉ-ESSE. Plus que ça, même ! Certes, je me sens très légèrement saucissonnée, mais on ne peut pas dire que j'ai atteint le stade Justine Bridou. D'accord, j'aperçois sur mon tibia un petit bouquet de poils noirs et épais que mon rasoir multi-lames bande lubrifiante Skin Elixir de Bonheur a oublié, mais il faut vraiment avoir l'œil pour le remarquer. *Détail !* En toute honnêteté, je peux considérer que ma première tentative de surprise coquine est une réussite. C'est à la fois sensuel et original. Torride et inattendu. Si ce n'était pas si olé-osé, je m'offrirais la coquetterie d'un selfie et pousserais même le vice jusqu'à l'instagrammer, tiens ! #sensualchristmas. Un gloussement ravi m'échappe. Sans déconner, sur l'échelle de sexytude noëlesque, je me situe… Allez… Soyons fous… à 18/20, coef 5. Voire 6. En pole position, juste après le pompier torse nu sali par quelques traces de suie et en pantalon de Père Noël qui serre (délicatement) un chaton aux yeux bleus dans ses gros bras musclés. Chaton qu'il vient de sauver d'une mort certaine et qu'il tend doucement à une demoiselle assistant à la scène avant de lui adresser un sourire torrido-ravageur. Une demoiselle comme moi… Un pompier comme Evan… Mon mec. Mon combattant du feu. Mon pourfendeur de flammes déchaînées.

Je jette un œil à la pendule. 19 h 15. Il devrait être là depuis un quart d'heure. Mais il ne va pas tarder. À nous la nuit de folie !

20 h 10

Cazzo[1] *!* Evan a toujours eu tendance à être en retard, mais ces derniers temps ce vilain penchant est devenu une habitude. Je lui ai pourtant envoyé un SMS : « Rentre

1. Merde.

vite à la maison, une SEXPRISE t'attend. » Je pensais que les majuscules feraient mouche, tout comme les subtiles émoticônes qui accompagnaient ce message tentateur : cœur/cœur/cœur/aubergine/pêche.

Où est-il ? Que fait-il ? Qu'est-ce qui peut bien passer *avant* une nuit de folie ? Son boulot ? Une grand-mère victime d'un malaise ? Une mère de famille, ses quadruplés sous le bras, appelant à l'aide du haut du trentième étage d'un immeuble en feu ? Il ne s'est même pas donné la peine de me répondre ! Non, mais ! Quand on nous promet une SEXPRISE en majuscules, on se fend au moins d'un texto impatient !

Je me regarde dans le miroir, mon enthousiasme quelque peu douché. Les doutes et le malaise que je ressens depuis quelque temps m'envahissent à nouveau. Entre nous, tout a changé. Ça ne fait qu'un an que nous sommes ensemble, et pourtant la folie et la passion des débuts se sont effritées. Parfois (souvent ?), j'aimerais ne l'avoir jamais rencontré. N'avoir rien quitté pour lui. Ne pas être partie de chez moi comme une voleuse. Ma sœur me manque. Mon frère, n'en parlons pas. Marin, Juan… Et Thaïs… Et Vic… Non. Ne pas penser à lui. I.A.T.P.D.P.A.L. (Interdiction Absolue Totale Permanente De Penser A Lui). Focus sur Evan. Quand je songe qu'il y a une heure j'étais toute contente de ma SEXPRISE… Mais si j'y réfléchis… Est-ce que je n'essaye tout simplement pas (de manière pitoyable) de raviver une flamme qui n'a pas plus de chance de survie qu'une allumette en fin de vie sous un vent du nord déchaîné ? Juste pour me convaincre que je ne me suis pas complètement plantée en quittant tout pour lui ?

Je jette un œil dans le miroir, et me découvre tout affaissée, la paupière en berne, la mine renfrognée. Coup de pied au cul mental. Non, non, non ! On ne se laisse pas abattre. Evan et moi sommes censés nous aimer. Evan et moi, *nous nous* aimons. Evan va rentrer et tombera à la renverse. Ce sera chaud. *Cho ka ka o, cho-cho-chocolat…*

Guai[1] *!*

Voilà que j'ai la chanson d'Annie Cordy dans la tête.

Cho ka ka o, cho-chocolat...

20 h 40

Si tu me donnes tes noix de coco, moi je te donne mes ananas...

Je n'en pouvais plus d'être plantée comme un piquet, alors je me suis assise. S'il arrive par surprise, je pourrai toujours prendre une pose de sirène. Je déverrouille mon téléphone, tape « pose sexy de naïade » sur YouTube et m'instruis. C'est assez passionnant, mais une seule question tourne en boucle dans mon esprit : Qu'est-ce qu'il fabrique ? Je l'ai appelé dix fois. Dix ! Sans succès. S'il n'est pas là dans deux minutes, juré craché, je vire tout et je vais me coucher. Je regarderai un épisode de *Friends*, après avoir enfilé mon T-shirt « Friends » extra-large, et je boulotterai au moins trois Kinder Bueno White. À mort le glamour.

20 h 42

Corragio[2] *!* Je peux encore patienter *cinq* minutes. Allez, six et trente secondes. J'en ai les ressources mentales. J'ai fait du yoga pendant un mois : le lâcher-prise, ça me connaît (un peu) : inspiration-expiration de la grande baleine bleue qui vogue dans le lagon azur peuplé de poissons multicolores qui lui massent le dos et lui brossent les dents... Je ne me suis pas donné tout ce mal pour rien. Ça va bien finir par rentrer.

Merda !

Ce qu'il peut m'agacer !

1. Génial.
2. Courage.

21 heures

Où, quoi, quand, comment, qui ? Je me réveille en sursaut, essuie le méchant filet de bave qui me rafraîchit le menton et me redresse. On a frappé. C'est lui. Ai-je fermé à clé ? Bien sûr que non ! Hop, debout ! Que le spectacle commence ! J'attrape le câble de la guirlande lumineuse que j'ai enroulée autour de mon corps nu et le branche. Dieu que ça clignote ! Un vrai petit sapin de Noël ! Mieux que ça ! Un *sexpin* ! Je prends une pose à la fois naturelle et sensuelle, puis l'invite à pénétrer dans l'antre de la tentation de ma voix la plus *glamshinelove* :

— Tu peux entrer, c'est ouvert ! Bienvenue !

Des bruits de pas résonnent dans l'entrée. Sans plus attendre, je lance Spotify et opte pour ma playlist « Christmas powa ». Et… c'est parti ! Go, Mariah ! « *Iiiiiiiiii don't want a lot fooooor Christmas…* » Mon cœur bat la chamade. Je frétille d'impatience, je glougloute de joie, j'en suis presque à hennir de bonheur… quand soudain… Soudain, quelque chose se produit. Quelque chose qui cloche sévèrement. Quelque chose qui attaque ma fesse droite. Comme une piqûre de guêpe. Une morsure de chien. Un coup de soleil carabiné. À moins que ce ne soit les flammes de l'enfer qui lèchent mon arrière-train ! QUELQUE-CHOSE-NE-VA-PAS. *Merda, merda, merda !*

— Ça brûle ! ai-je la force de couiner alors que je prends conscience de l'abominable réalité.

Cette *foutue* guirlande lumineuse grille mon derrière aussi sûrement qu'un barbecue en pleine saison estivale ! Durant quelques instants fatals pour ma pauvre peau, je perds la raison : je me tortille, je gesticule, je gémis (toutes les nanas possédées par le diable dans les films de ces dix dernières années peuvent se rhabiller) et enfin, tentant de me ressaisir, je me baisse pour atteindre la prise. Elle paraît si loin ! Et cette guirlande qui entrave mes mouvements… Je trébuche. Choc frontal. Rencontre brutale avec le sol. Sonnée, je cligne des yeux pour aussitôt me remettre à hurler. Mes fesses ont dû *fondre*. Elles ont dû FONDRE !

Une pensée incongrue et sinistre me traverse alors que je tends un bras tremblant vers la prise : apparaîtrai-je dans le *Guinness Book des records*, section insolite « La femme sans postérieur » ? Je crois que je vais m'évanouir. Ou vomir. Ou les deux. Ce qui fait que, fatalement, je m'étoufferai. Ma mort sera pitoyable. Imaginer l'inscription sur ma pierre tombale rend mon calvaire encore plus pénible. « Ci-gît Pia-Mia Cabrera, vaincue par une guirlande. » Une ombre se profile au-dessus de moi. Evan ? Je grimace tellement que je parviens à peine à le distinguer.

— Evan ! dis-je d'une voix agonisante. Ev…

— Mais enfin, mademoiselle Cabrera ? Je… Vous… Quoi ? Comment ? Que s'est-il passé ?

Même si mon cerveau est anesthésié, je pige avec effarement que je n'ai pas affaire à Evan, mais à Roger Duchon, le voisin d'à côté. #retraitéquivaàlamesse. Je devrais être mortifiée, mais je veux seulement que tout s'arrête.

— Débranchez ce truc, monsieur Duchon ! hurlé-je, au comble de la douleur.

Il s'exécute tout en appelant sa femme d'une voix stridente. « Pas la peine de rameuter tout l'étage ! » ai-je envie de protester, mais je suis trop occupée à me dégager de cette guirlande à la con pour le faire. Enfin, j'y parviens et m'affaisse sur le sol… avant de réaliser que je suis à poil. Devant M. Duchon. Qui me contemple d'un œil horrifié et curieux. Un peu comme moi devant ces documentaires animaliers où l'on voit un lion dévorer une pauvre gazelle. On éprouve toujours un mélange de curiosité et de répulsion. Je rabats un pan de tapis sur moi, pile au moment où Yvette, sa femme, nous rejoint. Je bloque sur son pendentif en forme de croix, avec le sentiment d'être une vilaine, vilaine, vilaine fille. Silence de mort. Elle plisse les paupières, puis elle regarde son mari. Puis moi. Puis son mari. Puis moi. Puis son mari. Puis moi. Le jour du Jugement dernier a sonné, sans déconner.

— Je voulais faire une *sexprise* à Evan…, dis-je d'un ton piteux.

— Une… *sexprise*…, répète Roger, l'air absent, en secouant la tête.

Yvette pousse un long soupir, puis lève les yeux au ciel.

— Roger, tu n'es pas à la page ! Mlle Cabrera parle d'une surprise olé olé… qui a dû mal tourner. Allons, relevez-vous, ma petite. Croyez-moi, nous avons vu pire que cela durant notre existence. Et enfilez quelque chose de décent, pour l'amour de Dieu et de ses apôtres !

22 heures

— Vous vous sentez mieux ? me demande Yvette avec une compassion tout à fait chrétienne.

J'ai généreusement enduit mes brûlures de Biafine en grimaçant-pestant-protestant. Me voilà habillée et enroulée dans mon plaid le plus moelleux, armée de la verveine que ma voisine m'a préparée en fredonnant un cantique de Noël. Je leur ai tout raconté. Le fait qu'Evan déteste Noël, alors que moi j'adore. Ma tristesse face à son refus de mettre un sapin dans le salon. Mon envie de lui redonner goût à cette fête : mes tentatives diverses et variées. Son unique effort : celui de balancer une vieille guirlande sur la plante artificielle qui trône dans le salon. Mon idée de génie : me substituer à la plante. *Nue*.

— Et voilà Roger qui débarque chez vous, en quête de ketchup…, conclut Yvette.

J'acquiesce tout en jetant un œil à mon téléphone. Rien. Aucune nouvelle d'Evan. Alors que j'ai failli mourir. Ou pire, perdre ma fesse ! La colère me fait frémir.

— J'ai découvert le nœud du problème, annonce Roger qui nous a rejointes et se plante devant nous, sans réussir à me regarder dans les yeux. Je viens de vérifier vos prises : rien n'est aux normes. Vous auriez pu mourir électrocutée avec vos velléités de surprise plus qu'osée. En dehors des liens sacrés du mariage, qui plus est ! Je suis à deux doigts d'émettre l'hypothèse que le ciel vous a punie et…

Je me ratatine dans mon plaid, prête à faire pénitence

et à avouer tous mes péchés, même celui d'avoir mis des crottes de pigeon dans le bénitier, le jour du baptême de mon cousin, quand j'avais dix ans… Mais Yvette me sauve en foudroyant son époux du regard. Puis, elle m'adresse un sourire compatissant qui m'encourage à poursuivre.

— Je voulais juste qu'Evan aime Noël. Moi, j'adore ça, depuis toujours. Dans ma famille, on le fête si fort ! Ça fait battre notre cœur très vite ! La veille de Noël, ma sœur cache des mots d'amour pour nous tous, dans la grande cour et le jardin de notre domaine : quand on les trouve et qu'on les lit, on pleure à chaque fois. Enfin, tous sauf moi, puisque je ne sais pas pleurer. Mon beau-frère est fou de décorations de Noël et on a les installations les plus féeriques du monde entier. Il y a tant d'amour dans sa manière de créer cette magie… Et mon frère boit du prosecco au goulot le soir du réveillon… Mon neveu, qui est impertinent mais délicieux, passe son temps à s'engueuler avec sa mère et à la câliner… Mes amis…

Je m'interromps une seconde pour reprendre mon souffle avant de poursuivre :

— C'est comme ça ! J'aime Noël, j'aime respecter les traditions. J'aime les décorations affreusement kitsch et surchargées. J'aime courir dans les boutiques pour trouver le cadeau idéal, déguster des *amaretti* à la cannelle, enfiler des pulls moches, faire des concours de karaoké ringards, écouter des playlists démodées, m'affaler sur le canapé devant les téléfilms de M6. Mais Evan, lui… Il refuse d'en entendre parler. Il considère que cette fête n'a aucune valeur. Et puis, il n'est jamais là en ce moment…

Yvette et Roger échangent une œillade embarrassée et désapprobatrice.

— Oui, je sais, c'est pathétique. Je ne devrais pas vous raconter tout ça… Pardon. Changeons de sujet, d'accord ?

— Ce n'est pas ça, ma chère enfant…, commence Yvette, alors que Roger secoue la tête frénétiquement.

— Ça ne nous regarde pas. Laissons cette jeune femme se remettre de ses brûlures tranquillement et…

— Non, Roger ! proteste Yvette en se levant pour s'installer à mes côtés. Elle a le droit de savoir. Nous sommes les messagers qui la guideront vers le droit chemin.

Vont-ils essayer de me convertir ? Un frisson de panique parcourt ma nuque alors qu'Yvette pose la main sur mon bras.

— Ce que j'ai à vous dire n'est pas drôle, mais je préfère que vous soyez au courant.

Elle demeure silencieuse un instant avant de poursuivre.

— Comment vous l'annoncer ? Voilà. Il y a deux semaines, nous sommes tombés sur Evan, dans la cage d'escalier. Et… disons qu'il n'était pas seul…

— Yvette !

— Non, Roger, poursuit résolument cette dernière alors que mon cœur se brise. Il était avec…

Silence, regard éloquent. Ma respiration se bloque, mon cœur se décroche de ma poitrine. *Lo stronzo*[1] *!*

— Une magnifique rouquine frisée ? suggéré-je.

Yvette acquiesce. Dans le mille. Je le sentais, je le savais. Sa collègue pompier, la fille *trop* drôle, *trop* sportive, *trop* cool. La bonne copine sexy. La Cameron Diaz de la grande échelle. La Rachel Green des tuyaux. Évidemment… Une partie de moi n'en avait pas le moindre doute.

— Oui. Ils s'embrassaient.

— Goulûment, ajoute Roger d'un ton réprobateur.

Goulûment…

Salaud d'Evan ! Alors que je m'étais déguisée en *sexpin* pour lui faire une *sexprise* ; alors que mes fesses hurlaient sous les affres de la cuisante brûlure, lui était occupé à batifoler avec Miss Fire qui, j'en suis certaine, déteste Noël, elle aussi. Yvette tapote mon genou.

Dans les heures qui suivent, je passe par toutes les émotions : choc, déception, colère… Les étapes du deuil vitesse grand V. Mais une fois la terrible révélation digérée, je réalise, avec un brin de soulagement, que ma place n'est pas ici. Finalement, ça faisait un moment que je le savais. Je ne voulais pas me l'avouer.

1. Le salaud.

Ma décision est prise.
Il est temps d'activer le code lasagne.

WhatsApp – Cabrera Dream Team

Pia, 22 h

Code lasagne. Evan est un *bastardo*[1] de première. Il m'a trompée avec sa collègue rousse. Mes voisins bigots me l'ont annoncé et j'ai la fesse en feu.

Albertina, 22 h 01

Code lasagne bien reçu.

Milo, 22 h 01

Code lasagne bien reçu. *Mama mia*, sœurette ! Je te dis depuis le début qu'Evan est un *rompiscatole*[2] de première classe ! Tu te sens comment ? Dépitée ? Triste ? Désespérée ? Au bord du gouffre ?

Milo, 22 h 03

Est-ce que le fait qu'elle soit rousse a une importance particulière, vu que tu le précises ? Quel rapport, la fesse en feu ? Tu as fait un plan à trois avec tes voisins SM ? Fais-moi rêver ! #itssogoodtobebad-hanhanhanhan #rihanna

Pia, 22 h 04

Non, le « rousse » était superflu. Je suis soulagée

1. Bâtard.
2. Connard.

de quitter ce plouc. Mes voisins sont de fervents croyants et ils sont retraités. #remballerihannaetdégainelescantiques

Milo, 22 h 05

Ce sont les plus coquins !

Pia, 22 h 06

Tu m'écœures, tu vois le sexe partout. Revenons au code lasagne. Je rentre.

Albertina, 22 h 10

Miracle ! (Je lève les yeux au ciel.)

Milo, 22 h 12

@Albertina : tu sais qu'il y a des smileys qui lèvent effectivement les yeux au ciel ? Il faut vraiment que tu te mettes à la page, ma grande.
@Pia : SÉRIEUX ? Attends je t'appelle. Et tu vas me faire le plaisir de développer cette histoire de fesse brûlée.

Milo, 22 h 35

OK. Tu m'as l'air capable de conduire. Mais je me coucherai pas avant que tu sois arrivée. À tout à l'heure, fesse calcinée.

Pia, 22 h 36

Va fa enculo !

Milo, 22 h 36

Quelle vulgarité… Mais pourquoi pas, je n'attends que ça ! *Ti amo.*

Albertina, 22 h 40

Je t'attends aussi.

Avant

Des lasagnes qui sentent le romarin, l'huile d'olive et le parmesan

Aujourd'hui, Pia-Mia m'a invité chez elle. Sa maman nous a préparé des lasagnes. Elles étaient délicieuses. Les meilleures de toute ma vie. Ensuite, on a joué à cache-cache avec son frère Milo et sa sœur Albertina. Albertina n'arrêtait pas de commander. C'est elle qui a choisi celui qui allait compter en premier, les endroits interdits et le gage du perdant. Milo, lui, il n'arrêtait pas de faire des grimaces derrière le dos d'Albertina. Il a même dit des choses en italien et je crois que c'était grossier parce que Albertina lui a collé une grosse claque sur la tête. Pia-Mia et moi, on a décidé de se cacher ensemble dans le débarras du jardin. C'était tout petit. Il y avait des sacs de terre, des râteaux, des pelles et des sacs de béton partout. J'étais collé à Pia. J'avais ma joue contre la sienne. Elle sentait le romarin, l'huile d'olive et le parmesan. Elle sentait les lasagnes de sa maman. Les meilleures lasagnes du monde entier.

Victor, 7 ans

Chapitre 2

Maintenant

Où un code lasagne rencontre quatre bouteilles de manzana et un pyjama en satin. Pour l'amour de l'ivresse.

— Heureusement que tu es là, Thaïs ! Parler à ma meilleure amie à 2 heures du matin, ça n'a pas de prix !

— Savoir que tu reviens et t'écouter pendant tes trois longues heures de trajet insulter Evaneuneu, c'est inestimable, répond-elle d'une voix lasse. Une vraie berceuse. Je t'avoue que je me suis endormie à certains moments mais, comme tu tournais en boucle et que parfois tu t'emballais en italien, je suis sûre que tu ne m'en voudras pas.

J'étouffe un rire.

— Vu qu'on peut résumer toute cette conversation à « Evan = *bastardo* », je t'absous ! Et je vais te laisser. J'arrive à Gruissan. Je vois le rond-point, *cara mia*[1] ! Il est décoré ! Noël, Noël, Noël ! J'ai envie de pleurer d'émotion !

— Tu n'arrives pas à pleurer, pauvre fille que tu es ! me contredit-elle en gloussant.

— Je n'y suis pas *encore* arrivée !

— Il faut te rendre à l'évidence, tu es un cas désespéré : tu n'as pas pleuré devant *Titanic*. Ni quand tu as fait ton

1. Ma chérie.

stage en maison de retraite et qu'il y avait ce papi super émouvant avec son petit banjo qui chantait en l'honneur de l'amour de sa vie perdu dix ans auparavant, mais qu'il aimait encore. Ni quand Vict…

Elle s'interrompt brusquement avant de prononcer son prénom. *Victor…* Non, je ne veux pas y penser. J'y penserai plus tard, comme disait Scarlett O'Hara dans ses pires moments. Technique de l'autruche : la meilleure du monde. Je déglutis et tâche de prendre une voix enjouée.

— Je t'aime, Thaïs.

— Je t'aime, ma chérie, on se voit demain, souffle-t-elle avant de raccrocher.

J'ai les yeux qui brûlent un tout petit peu, effet combiné de mon retour, de ma rupture, de la mention de Victor et de la perspective d'avoir les fesses zébrées en rouge vif à vie, mais la larmichette ne viendra pas, Thaïs a raison. C'est la sécheresse toundresque de la rétine, le néant intersidéral lacrymal depuis toujours quand il s'agit de pleurer d'émotion. De douleur, pas de problème, comme la fois où je me suis agenouillée dans le garage pour appeler Herbet, le vénérable chat de la famille qui s'était planqué sous la voiture, et que mon genou est tombé pile-poil sur un clou (évidemment positionné pointe en haut). Qu'Yvette ne vienne pas me parler du calvaire de Jésus ! Ce jour-là, j'ai souffert plus que lui, *giurin, giurello*[1]. J'ai abondamment pleuré. Mais c'est vrai, je n'ai jamais sangloté d'émotion ou de tristesse. #cœurdepierre, #ellepleurepasmais-questcequellepisse, comme dirait Milo.

Au moment où je m'engage sur le rond-point, ma playlist laisse la place à George Michael et je me mets à chanter à tue-tête : « *Laaaaaast Christmas, I gave you my heart, but the very next day…* » Mon cœur bat la chamade. Mon chez-moi, ma maison ! Rien n'a changé, en un an, pas un détail. Juste à droite, il y a le grand étang. J'ouvre la vitre de la voiture, me prends une claque de vent glacial, et

1. Promis, juré.

respire l'odeur de sel. Plus loin, la tour de Barberousse, toute illuminée pour les fêtes.

Deuxième sortie, il y a la route qui longe la garrigue, ses pins, ses petits chemins. Après la bifurcation, la montée, la petite route qui zigzague. On peut imaginer le chant des criquets, même en plein hiver. Les tombes des marins morts en mer (« À mon André vénéré, décédé dans un naufrage épouvantable à bord de l'*Amérique* : je détesterai à tout jamais la mer, les vagues, la pluie, le sel, les bateaux, les phares, l'eau et l'orage » est définitivement mon inscription préférée, pour son côté drama queen assumé), le sentier tortueux qui mène à la chapelle des Auzils, et plus loin, encore plus loin, il y a notre chez-nous, notre domaine, notre écrin, notre cocon. *La vida*. Je gare ma voiture devant le portail d'entrée et inspire profondément en songeant à mes retrouvailles avec Milo et Albertina, mon frère et ma sœur. Enfin… surtout avec Albertina. Pourvu qu'elle ne m'en veuille pas trop ! C'était bon signe qu'elle réponde au code lasagne. Mais quand elle m'a dit qu'elle m'attendait, je l'avoue : j'ai frissonné. Est-ce qu'elle va m'ouvrir grands les bras, façon *mama* enveloppante qui sent bon le romarin et la pâte à pizza et vas-y-que-je-te-plante-un-gros-baiser-sur-la-joue OU me prépare-t-elle un accueil façon parrain qui règle ses comptes et viens-là-que-je-te-balance-mon-regard-revolver-et-tes-quatre-vérités ? Si c'est le cas… Allez ! Je n'ai qu'à me dire que ce n'est qu'un mauvais moment à passer.

#iwillsurvive

Peut-être que ça aurait été plus facile si nos parents n'étaient pas repartis en Italie, pour y couler une retraite dolcevitesque. *Mama* aurait arrondi les angles…

Avec Albertina, on ne s'est pas parlé une seule fois depuis que je suis partie pour suivre Evan sur un coup de cœur, un coup de tête, un coup de colère. Elle doit toujours m'en vouloir à mort. OK, elle a répondu au code lasagne, mais le code lasagne, c'est l'urgence absolue, le « on n'a pas le choix », l'obligation totale et inconditionnelle de soutien fraternel. On répond à son frère ou à sa sœur quand il ou elle l'active, et ça dure depuis vingt ans.

Depuis le grand scandale de l'assiette retournée. Albertina avait déclaré qu'elle était végétarienne, parce qu'elle faisait de l'équitation et que les boucheries vendaient du cheval. Mais les lasagnes, chez nous, c'est une institution. On ne refuse pas les lasagnes de *mama*. C'est péché, c'est sacrilège, c'est pire que d'insulter sa grand-mère ou la Juventus. Ce jour-là, Albertina s'est dressée contre l'ordre établi. Comme une vraie rebelle, elle a dit non. Enfin, plus précisément : *non merci* (on tient à la politesse, chez nous). Ma mère a ouvert de grands yeux affolés et a pressé ses mains sur sa bouche ; mon père a ri, croyant à une blague ; Milo a failli s'étouffer avec son gressin, et moi, j'ai attendu la suite comme si j'étais au ciné, pop-corn en main. Quand il s'est avéré que ce n'était pas une plaisanterie, ma mère a collé les lasagnes dans l'assiette de ma sœur en la prévenant : « Si tu ne les manges pas, *cara mia*, je te jure que je te les fais avaler avec un entonnoir ! » Albertina l'a regardée droit dans les yeux avant de retourner son assiette. Je revois encore la scène au ralenti : le geste rebelle et magistral, le lent écrasement des lasagnes en un splash à la fois mou et retentissant… C'était une déclaration de guerre. Furax, ma mère l'a prise par l'oreille et l'a traînée dans sa chambre. Le verdict est tombé : Albertina serait privée de repas pendant toute une journée (et peut-être durant un mois).

Mais mon frère et moi avons agi : Milo s'est débrouillé pour grimper à l'olivier et lui faire passer nos goûters par la fenêtre en signe de soutien total. En remerciement, Albertina nous a lancé des petits avions en papier avec écrit dessus : « code lasagne ».

Depuis, à chaque urgence, on peut activer le code lasagne, quels que soient l'heure ou le contexte. Quand Milo est monté à Paris pour rencontrer Monica Bellucci afin qu'elle décide si sa boîte de com était apte à gérer le compte Instagram de son chihuahua, et qu'il s'est rendu compte dans le train qu'il avait oublié son porte-bonheur : code lasagne. Avec Albertina, on s'est tapé l'aller-retour pour lui ramener son Kiki-le-kiki-de-tous-les-kikis miniature sans lequel il paniquait.

Quand Albertina a accouché : code lasagne. Fabrice, son ex-mari, s'était barré à son cinquième mois de grossesse. Elle était seule et terrifiée. Code lasagne, même si vivre un accouchement sans prépa, c'est quand même éprouvant. Ça ressemble à du Tarantino : de la violence, des cris, du sang. Milo s'est évanoui quatre fois et, moi, j'ai failli vomir quand le gynéco a brandi une masse rouge et visqueuse d'un air victorieux en s'écriant : « Voici le plus beau placenta que j'aie vu de toute ma vie ! » Ne parlons pas du cordon ombilical, cette espèce de truc dégueu qui ressemble à un saucisson périmé, que personne n'a eu le courage de couper et que la sage-femme a tranché avec cérémonie, comme si elle était mairesse et inaugurait l'ouverture d'un monument.

Code lasagne...

Je sursaute quand j'aperçois un mouvement devant mon pare-brise. De multiples petits mouvements, en fait. Je plisse les yeux. Je rêve ! Il neige ! IL NEIGE ! C'est un signe : il neige, c'est Noël après-demain... Ma place est ici. Ma rancœur contre Evan s'évanouit. Je peux le rayer de ma vie... d'autant plus que je me suis vengée. Après la révélation fatale de Roger et Yvette, et une fois remise de mes émotions, je me suis remarquablement prise en main. J'ai cassé sa collection de vinyles, collé du liquide vaisselle dans son produit à lentilles et dessiné des quéquettes partout sur les murs. Pas très mature, certes, mais terriblement réconfortant. Tout comme mon mot d'adieu.

Cher Trouduc, je te souhaite le plus mauvais Noël de ta vie en compagnie de ta collègue qui, je l'espère fortement, te filera une MST carabinée et une grosse beigne quand elle verra à quel point tu es pathétique. Va fa enculo.

J'oublierai vite ce crétin. C'est une certitude.

Mais quand même ! Quand j'y songe... Je n'ai jamais eu de chance avec les hommes. À croire que je suis maudite...

Ressaisis-toi, Pia ! « Quand ça ne va pas : pense à la

Juliette de Romeo et dis-toi qu'il y a pire ! », comme disait *mama*.

— C'est vrai ! murmuré-je en contemplant la neige.

Mais ça serait tellement bien de me trouver sous cette même neige, à la place de la fille dans le clip de *Perfect* d'Ed Sheeran, en train de danser en souriant comme une neuneu à l'homme de ma vie qui tient, va savoir pourquoi, un chaton dans les bras…

Chaton…

Pompier sexy avec un chaton dans les bras…

Evan.

NON ! Je ne penserai plus jamais à cet abruti !

Tout à fait décidée à reprendre ma vie en main, je saisis mon sac à main. C'est mon seul bagage. Dans ma précipitation, j'ai oublié chez Evan le gros sac de voyage où j'avais jeté toutes mes affaires. Tant pis, je les lui laisse bien volontiers. Je sors de ma voiture, frissonne sous le vent glacial, tire la langue pour avaler un flocon et me dirige vers mon chez-moi, que j'ai quitté sans même un au revoir il y a un an.

Les battements de mon cœur s'accélèrent en regardant les décorations de Marin. Marin est le compagnon d'Albertina, son âme sœur. Après avoir été abandonnée par Fabrice, Albertina a consacré sa vie à Juan, son fils. Elle a refusé les avances des hommes qui n'avaient d'yeux que pour elle, elle a repoussé tous ceux qui osaient s'approcher. Et puis, il y a eu Marin. Marin, sa blondeur, sa barbe, ses yeux rêveurs, son côté… à côté de tout. Ils se sont rencontrés dans l'allée centrale du marché du vendredi matin. Il portait une énorme cagette de gariguettes, ne l'a pas vue, lui a foncé dessus. Elle promenait Juan dans sa poussette et a failli tomber. Elle lui a hurlé dessus. Marin s'est excusé d'une voix si douce, avec un regard si tendre qu'elle s'est tue. Juste comme ça, d'un coup. Alors, Marin en a profité pour demander pardon à Juan, en parlant à l'enfant de trois ans comme à un petit monsieur. Albertina raconte que c'est à cet instant précis qu'elle est tombée complètement et irrémédiablement amoureuse de lui, son exact opposé, sa moitié. Ce qui est particulier chez mon beau-frère, et ce que je préfère chez lui, ce sont ses lubies. Marin a *toujours* un objectif un peu fou en tête. Franchir les 6 km/h à cloche-pied, organiser des *dates* de hérissons afin de perpétuer l'espèce en danger, confectionner des tongs d'hiver, fabriquer des instruments de musique en peau de banane… Mais la plus magique de toutes, c'est sa lubie de Noël. Marin emplit le jardin de décorations toutes plus féeriques les unes que les autres. Il y songe toute l'année, achète, dresse des plans. Il n'est pas rare, en plein été, qu'il conçoive déjà l'organisation de son prochain jardin de Noël. Chaque année, il en fait toujours plus, toujours trop. Chaque année, c'est la débauche. Mais c'est tellement beau que tous les habitants des alentours viennent chez nous admirer la magie de Marin. Notre jardin est ouvert à tous durant la période des fêtes et, souvent, les rires des enfants résonnent devant nos maisons.

Tout commence ici, le long de l'allée sablonneuse bordée de grands pins. Je la gravis à pas lents. Au-dessus de ma tête, une arche d'un bleu très doux, lumineux sans être agressif : les déliés s'entrelacent, formant une sorte de lierre charmant, piqué de points dorés, sur lequel sont posés des oisillons azur. Les arbres, sur les côtés, sont entièrement recouverts d'une poudre brillante gris-bleu. Au sol, une multitude de cailloux dorés, argentés, acier, azur recouvrent le gravier. C'est magnifique. Un royaume gelé au cœur de la garrigue. Je suis à deux doigts d'entonner *Libérée, délivrée*, sans déconner. J'ai la sensation d'être parfaitement à ma place ; encore plus quand j'atteins la grande cour : je ne sais par quelle magie, l'eau miroite comme si elle était baignée par le soleil ! Et dans la cour où poussent la lavande et le thym, c'est une débauche de structures lumineuses : maisonnettes, pain d'épices, arches fleuries, personnages (un grand-père sur son vélo, une vendeuse de pain…). Tout brille, tout éclaire la nuit. Les couleurs sont douces : des argentés, des blancs et une palette incroyable de bleus. Marin est un artiste de génie ! Et le pin… Le grand pin de Noël est là ! Celui qu'il va couper en pleine nuit parce qu'il affirme qu'on sent mieux le parfum des aiguilles et qu'il veut le meilleur… Il trône au milieu de la cour, délicatement paré. Il n'y a rien de vulgaire, rien qui ne dissimule le vert profond des épines.

Le cœur battant la chamade, j'observe à gauche, la maison d'Albertina, celle aux volets lavande : c'est éteint. Puis ma maison, en face, la plus petite, avec le toit un peu biscornu et les volets bleus. Enfin, à droite, se trouve celle de Milo : volets verts, lierre dévorant le mur. La cuisine est allumée. J'avance d'un pas, hésite. L'émotion me gagne, une certaine appréhension aussi. La porte s'ouvre à la volée.

— Le retour de la fille prodigue ! s'exclame Milo, dont la silhouette apparaît dans l'embrasure.

Il force sur l'accent italien et le ton est grandiloquent. Il s'amuse. Mon cœur se gonfle de joie.

— Tu me guettais derrière les carreaux ?

— Bien sûr, neuneu ! J'avais calculé l'heure de ton arrivée, arrêt pipi et McDo boulimie réconfortante compris !

— Tu es si doué que je ne doute pas une seconde que tu sois de mon sang !

Poussée par un élan de joie, je me précipite vers lui, avant de m'arrêter net pour le regarder. Cheveux épais, très noirs. Iris ébène, yeux coquins. Sourire immense qui dévoile des dents larges et bien alignées.

— Toujours aussi décoiffée, commente-t-il, haussant un sourcil et tapotant mon chignon échevelé du bout des doigts.

— Toujours aussi avare en compliments !

Il rit de son rire chantant et m'attire contre lui. Je sens son parfum et sa délicieuse odeur de shampoing.

— *Mangia bene, ridi spesso, amia molto*[1], murmure-t-il en me serrant très fort. Tu ne pouvais pas le faire mieux ailleurs qu'ici, sœurette.

Mon rire s'étouffe dans son étreinte. Puis, je me recule pour le regarder encore. Je jette un œil à son pyjama de satin pourpre et il esquisse une moue indolente. Mon frère fait tomber les hommes et les femmes comme des mouches.

1. Bien manger, rire souvent, aimer passionnément.

L'été, les touristes du coin en font les frais et il traîne derrière lui une nuée d'amoureux éperdus.

Nos regards s'accrochent et nos sourires se mêlent. Mais soudain, un raclement de gorge se fait entendre. Milo esquisse une grimace comique avant de mimer la décapitation… puis de s'effacer. Je me trouve face à Albertina. Je pige à la seconde qu'on ne part pas sur un accueil *mama* généreuse. Ce sera plutôt ambiance Al Capone : froideur et terreur. Nous entrons chez Milo. Elle est assise, bien droite, magnifique. Malgré l'heure tardive, elle porte un costume gris qui moule chacune de ses formes généreuses. Sa longue chevelure est relevée en un gros chignon (nickel, contrairement au mien). Elle me fixe sévèrement de ses prunelles brunes, soulignées par un épais trait d'eye-liner. Elle a le don de me faire me sentir comme une gamine prise en faute.

— Arrête avec cette tête de gamine prise en faute ! lance-t-elle d'une voix froide (elle a aussi le don de lire dans mes pensées). Assieds-toi.

Forza ! Su[1] *!* Ce n'est qu'un mauvais moment à passer. Albertina n'est pas un monstre, c'est ma sœur. Celle avec qui j'élevais des escargots (même si elle a écrasé tous les miens d'une sandale rageuse le jour où j'ai refusé un mariage entre son petit gris et Titan, ma plus grosse prise). Celle qui m'aime envers et contre tout (mais qui m'a dit avant que je parte que si j'osais lui tourner le dos, ce ne serait plus la peine de revenir, jamais, jamais, jamais).

Elle désigne du menton la manzana maison qui trône sur la table et Milo, mimant l'assistant servile, s'avance avec empressement pour nous servir. Il se régale, *lo sciocco*[2] ! Je tends un bras fébrile pour attraper mon verre, mais Albertina m'octroie une violente tape sur la main, avant de s'emparer du sien et de se lever. J'ai envie d'agiter les doigts pour savoir si elle me les a brisés, mais je suis comme tétanisée.

— Es-tu revenue pour de bon ? demande-t-elle de sa voix chantante, mais grave.

1. Allez ! Sois forte !
2. Cet imbécile.

J'acquiesce piteusement.

— Regrettes-tu de nous avoir abandonnés du jour au lendemain pour suivre ce crétin d'Evan à Marseille, alors que la maison Cabrera, avec son garage et son projet de maison d'hôtes, était sur le point de dominer le monde ?

— Heu, le monde, tu y vas un peu fort là parce que..., tente d'intervenir Milo, qui se fait couper la chique en moins de deux.

— Tsss ! Gruissan, c'est le monde !

— Si tu le dis, *tesoro*[1] ! réplique-t-il, peu contrariant, en buvant une gorgée à la bouteille.

— Tu as tourné le dos à la *familia* ! À ta destinée ! Au berceau de ta vie..., poursuit-elle.

Je hoche la tête frénétiquement tout en admirant son sens inné de la tragédie... puis me retiens de rire quand Milo mime un coup de fouet sans qu'elle s'en aperçoive.

— Regarde-moi quand je te parle. Est-ce que tu reviens pour de bon ? Un code lasagne ne s'active pas pour rien.

— Oui, dis-je d'une voix très contrite, histoire de la satisfaire.

Je plante mes yeux dans les siens. Noirs comme les ténèbres. Mais brusquement, malgré sa bouche toujours sévère, le visage de ma sœur s'éclaire. Ses lèvres pulpeuses s'ouvrent en un sourire ravageur, ses yeux pétillent et une dizaine de petites rides d'expression au charme dévastateur illuminent son regard. Elle me tend un verre et, quand elle lève le sien, Milo et moi l'imitons.

— Tchin ! Tchin ! À la fratrie retrouvée. À Noël en famille. À l'amour. À la vie.

J'y vais cul sec, puis s'ensuit un silence heureux... avant que chacun ouvre la bouche en même temps pour tout se raconter. Rien n'a changé.

— Encore un petit, pour la route ? propose Milo deux heures plus tard, l'œil vague, une bouteille de manzana (la troisième ? la cinquième ?) en main.

1. Mon trésor.

— Un gros, même ! dis-je d'une voix chevrotante, avant de continuer ma tirade. Non, mais en fait, Evan était insupportable ! IN-SU-PPOR-TABLE… Pire que les pires salauds de tes romans, Albertina ! Une mozzarella di bufala périmée : lisse, rassurant en apparence et vraiment puant une fois croqué. Si je devais faire la liste de tout ce qui m'insupportait chez lui, j'en aurais jusqu'au petit matin…

— Pitié, non ! réplique Albertina alors que je poursuis obstinément.

— Et sa mesquinerie ! Avant d'aller en soirée, il achetait une tenue et ne coupait pas les étiquettes pour pouvoir la rendre le lendemain. Il a même fait ça avec un caleçon.

Milo laisse échapper un cri horrifié.

— Oui, affirmé-je sombrement. Un caleçon.

— Rassure-moi, il avait enfilé un vieux caleçon sous ce caleçon, pour que son *engin* ne touche pas le tissu ?

— Même pas !

Cri d'horreur d'Albertina.

— Et puis… ses commentaires affreux sur TripAdvisor… Il passait son temps à en mettre. À chaque fois qu'on mangeait au resto, on aurait dit qu'il traquait la moindre faille dans ce but ! Et sa manie de ne pas se brosser les dents trois minutes.

— Sacrilège ! s'exclame Milo.

— Il avait trop de poils aux orteils. Il pétait au lit et secouait la couette.

— Comme… s'il se gargarisait de l'odeur ? demande Albertina, véritablement choquée.

— OUI !

Milo glousse.

— Moi, j'aime bien le faire !

— Qu'est-ce qu'ils en disent tes chéries et tes mecs de passage ? Ils hument ton doux parfum sans sourciller ?

— Ça les fait rire. Et puis, de toute façon, je suis tellement sexy que je peux tout me permettre.

— Pas faux…, soupiré-je. Et tellement injuste !

— Attends, toi aussi, tu es au top du glamour ! Dois-je te rappeler que tu es un… Attends, un quoi déjà ? Ah oui ! Un *sexpin* ? lâche-t-il avant de s'esclaffer.

— Un *sexpin*…, répété-je, mi-hilare, mi-désespérée, avant d'enfouir ma tête dans mes bras puis de me redresser. En tout cas, je suis contente d'être ici. Ça m'avait manqué… Est-ce que l'association des pâtissières a déjà dressé sa bûche géante pour le concours ? Est-ce que le maire a inauguré le pont des amours ? Est-ce que…

— On te racontera ça plus tard, répond Milo en bâillant. Il est l'heure de dormir.

À ces mots, Albertina m'adresse un regard « il faut qu'on cause toi et moi ».

— Qu'est-ce qui se passe ?

— Il se passe qu'on a transformé ta maison en gîte, répond-elle du tac au tac.

— Tu aurais pu insuffler un brin de finesse à cette annonce ! commente Milo en levant les yeux au ciel.

— *Ma* maison ? dis-je, abasourdie.

— La tienne.

— En gîte ?

— C'est ça.

Choc. Digestion de l'information. Colère.

— Vous… avez fait quoi ? répété-je d'une voix étranglée.

— On ne pensait pas que tu reviendrais ! Et on voulait lancer le projet…

— Oui, le projet commun que nous avions de faire *construire* un bâtiment pour créer un gîte. Il n'a jamais été question de piquer ma maison !

— On a pensé que…, tente Milo.

— Que quoi ? Qu'il fallait me rayer de vos vies ? Pia est partie ! Génial ! Oublions-la et profitons de sa maison ! Qu'est-ce que vous avez fait de mes affaires ?

— On a…

Je ne laisse pas à Milo le temps de finir.

— Et dire que je me sentais coupable de vous avoir tourné le dos du jour au lendemain pour suivre Evan. Mais vous vous frottiez les mains, bande de vautours ! Ah, elle est belle, la *familia* !

— Ça suffit, Pia ! intervient Albertina. Tu en fais trop. Tes affaires ont été soigneusement rangées. On a remarquablement retapé ta cuisine. Il y a des locataires, ces vacances, pendant cinq jours. Après, tu retrouveras ta maison ! N'en fais pas un drame. En attendant, tu dormiras chez moi. On va se débrouiller.

Je souffle aussi fort qu'un taureau prêt à foncer sur un tissu rouge.

— Se débrouiller ? Je veux MA maison ! MON lit !

— Tu peux t'y installer, précise Milo. Mais actuellement deux charmants retraités dorment dedans. Ceci dit, je sais que tu aimes nouer des liens spéciaux avec les personnes âgées, alors si c'est vraiment ton fantasme, on peut…

— *Quella cazo di boca*[1], Milo ! Non, mais je rêve ! Je RÊVE !

— Tu peux dormir ici, propose-t-il alors qu'Albertina soupire d'exaspération.

OK. Qu'ils aillent tous se faire cuire un œuf en Sicile ! Je me lève brusquement et plante les poings sur mes hanches.

— Milo. La tente, exigé-je d'une voix impérieuse.

Il m'adresse un regard vide qui le fait furieusement ressembler à Chico, le plus gros des poissons rouges du bassin extérieur.

— Quoi, la tente ?

— Je veux la tente. Je campe dans la cour.

— Tu ne peux pas dormir sous la tente en plein hiver, Pia ! À moins que ton but ultime soit de crever d'hypothermie ?

— Ramène TOUT DE SUITE la tente, Milo !

Silence. Mon *cher* frère consulte ma *chère* sœur du regard. Elle hausse les épaules, l'air affligé.

— Ramène-lui la tente, Milo, ordonne-t-elle avant de me défier du regard. Mais si tu dors dans la tente, Pia, nous aussi.

— Hors de question !

1. Ferme-la.

— Si !
— Non.
— Si !
— Non.
— Si !
— Non.

On en est encore à ce petit jeu quand Milo redescend du grenier, l'antique tente familiale sous le bras.

— Tu es sûre de toi ? demande-t-il avant de me tendre le gros sac qui la contient.

— Je ne l'ai jamais autant été, dis-je avant de m'en emparer et de quitter la maison en claquant la porte, digne comme un prince déchu.

WhatsApp – Cabrera Dream Team

Milo, 3 h 05

On t'a observée monter la tente et on tient à te dire que ta technique s'est améliorée. Tu t'es entraînée pendant cette année loin de nous ? Ha, ha, ha !

Pia, 3 h 36

Tu crois que j'ai envie d'échanger des « ha, ha, ha » avec toi ? Foutez-moi la paix. Restez dans vos maisons confortables. Laissez-moi seule, abandonnée, dans le froid, sans domicile fixe.

Milo, 3 h 36

#tragédienne

Pia, 3 h 37

#traîtreàtonsang

Milo, 3 h 38

Tu aurais pu dormir dans mon lit king size, mais tu as refusé. J'avais changé les draps exprès pour toi.

Pia, 3 h 38

J'en suis tellement honorée. Mais tu prends toute la place. Et je déteste tes draps en satin : ça fait vieux porno.

Milo, 3 h 38

Tu parles dans ton sommeil. Et je déteste les draps en coton : c'est cheap.

Pia, 3 h 39

Tu ronfles.

Milo, 3 h 40

Tu as les pieds gelés et tu donnes des coups de pied #calvaire

Albertina, 3 h 41

Vous me fatiguez. Toi, Milo, tais-toi. Toi, Pia, décale tes grosses fesses, on arrive. On amène oreillers et Kinder Bueno.

Avant

Une sardine grillée aux herbes de Provence

Aujourd'hui, c'était mon premier jour d'école. J'étais le petit nouveau et j'avais très peur. La première personne qui m'a parlé, c'est une fille de ma classe. Elle s'appelle Pia-Mia. À la récré, elle m'a dit : « Si tu me files pas ton goûter, je mettrai des asticots dans ton T-shirt. J'ai un élevage à la maison. Ils passeront par ton nombril et te dévoreront de l'intérieur. » J'ai sacrifié mon goûter spécial du vendredi : deux BN à la vanille et trois carrés de Merveilles du Monde. Je déteste Pia. C'est une brute. Si Pia était de la nourriture, elle serait une sardine. C'est fort, ça reste entre les dents. Je n'aime pas les sardines, même si elles ont des écailles qui brillent au soleil. Ça fait des reflets bleus, violets, gris. Ça brille comme des paillettes. Un peu comme les yeux de Pia-Mia.

Victor, 6 ans

Chapitre 3

Maintenant

Où une vilaine trace d'oreiller sur la joue rencontre une cagette de légumes frais. Pour le meilleur et pour le pire.

Sur une échelle de la souffrance allant de 1 à 10, je me situe à 120. Ma tentative d'ouvrir les yeux se solde par un semi-échec : ma paupière droite refuse obstinément de réagir et reste collée. C'était prévisible : je n'ai pas enlevé mes lentilles et ne me suis pas démaquillée. J'ai peut-être perdu la vue. Mais ce n'est rien à côté de mon mal de dos. Quelle idée d'avoir voulu dormir dehors, avec un duvet Grand Froid comme unique matelas de sol… Le bras d'Albertina, posé sur ma gorge, me donne le sentiment d'étouffer et j'ai un torticolis d'enfer. J'ai encore le goût de la manzana dans la bouche et je tuerais pour ne serait-ce que dix millimètres d'eau ; je crois que ma langue ne quittera plus jamais mon palais. Elle s'y accroche comme un pou sur le crâne d'un marmot. J'ai mal, mal, mal à la tête. C'est comme si l'armée des sept nains s'y était mise au grand complet pour lui filer des coups de pioche.

— Dégage, Milo, murmuré-je en le repoussant.

Je ne boirai plus une goutte d'alcool de ma vie. Je jure de devenir une bonne fille et de me convertir au Pepsi Max si mon calvaire cesse à l'instant. Ah ! Le dieu des gueules de bois m'aurait-il entendue ? J'arrive à ouvrir l'œil droit ! Il me pique atrocement, mais je ne ressemblerai pas au capitaine Crochet pour le restant de mes jours, c'est déjà ça. Voyons le verre à moitié plein. Soudain, un beuglement retentit suivi par des pas précipités et un piétinement devant la tente. Je me redresse avec la lenteur d'un paresseux narcoleptique pour voir apparaître Juan, mon adolescent de neveu, plus beau que jamais. Lui : jeunesse et vitalité. Moi : agonie et… agonie.

— Tu es vraiment là ! Je n'y croyais pas quand Marin me l'a annoncé ! tonne-t-il avant de prendre une grande inspiration, de mimer les gestes d'un plongeon… et de s'effondrer sur nous en s'esclaffant.

Agonie, c'est ce que je disais.

— Ahhh ! Juan ! Pitié ! imploré-je d'une voix faible, étouffée par son rire sonore.

— JUAN ! renchérit Albertina, réveillée par les assauts impétueux de son fils.

— Je suis content de te voir, Pia, même si tu as une drôle de tête avec cette grosse trace rouge sur la joue et ton maquillage qui a coulé ! réplique-t-il en s'étalant sur nous comme une étoile de mer qui convulse, juste pour nous faire chier.

— Moi aussi ! Mais pitié, pousse-toi ! Tu pèses trop lourd, il faut que tu arrêtes le rugby. Milo, aide-nous !

Milo, qui dort toujours du sommeil du juste, n'en a rien à cirer : il ronfle, il bave, tout va bien. Juan finit par se relever.

— Tu as remarqué ces muscles de sportif, *zietta*[1] ? Il est parfait ton neveu, avoue-le ! Alors ? Il paraît que tu as quitté ton gros conna…

— JUAN ! le stoppe Albertina, qui s'est redressée pour le fusiller du regard. Pas de vulgarité. Où est-ce que tu te crois ?

Il grimace et lève les yeux au ciel.

— *MAMA !* Je me crois en face de ma mère qui tient une putain de gueule de bois ! répond-il sur le même ton.

1. Tatie.

Oh non… Ils ne vont pas commencer dès le matin ! Albertina et Juan sont *toujours* en train de s'asticoter. Albertina lui assène régulièrement qu'il est ingrat, qu'il la rend folle et que, le jour de ses dix-huit ans, elle le mettra à la porte. Juan riposte sans cesse qu'elle l'étouffe, qu'elle le rend taré et que, le jour de ses dix-huit ans, il partira en claquant la porte. Ils s'aiment à la folie. Et si quelqu'un s'en mêle, ils font front et demandent d'un air indigné qu'on leur foute la paix et qu'on les laisse se disputer tranquillement, non mais ! *Loco !*

Alors que le ton monte et que je me bouche les oreilles, le tissu de la tente bruisse et un visage apparaît dans l'embrasure.

— Salut, l'ex-Marseillaise !

— Marin !

Il m'offre son sourire chaleureux, que j'ai toujours trouvé hautement contagieux.

— Allez, lève-toi et viens dire bonjour à ton beau-frère préféré.

Albertina et Juan en sont à s'étriper en italien. Marin est mon sauveur et je ne me fais pas prier. Je gigote pour m'extraire de mon duvet et lutte contre une formidable nausée, alors que Milo grogne parce que tout le monde fait bien trop de bruit. Une fois debout, je sors de la tente et plonge dans les bras de Marin, qui sent le frais et l'eau de toilette. Une vague de pureté dans cette famille de brutes ! Après m'avoir étreinte, il se recule tout en me tenant par les épaules. Je ne peux retenir un sourire heureux en avisant ses taches de rousseur, ses yeux bruns et rêveurs, sa barbe blonde et sa chevelure en bataille, et son… justaucorps bleu ultra-moulant. Je tente avec peine de retenir mon rire. Ce truc le serre tellement qu'on dirait une seconde peau. *Merda !* Marin a muté en schtroumpf costaud.

— Qu'est-ce que tu fous recouvert de latex azur, Marin ? demandé-je avec tout le sérieux dont je suis capable.

#nouvellelubieenvue

— Je me suis lancé dans la marche athlétique et cette combinaison décuple ma vitesse. Figure-toi qu'elle m'offre une compression idéale tout en me protégeant du vent, explique-t-il d'un ton docte. J'ai fait 15 km à une allure folle, à l'aube, pendant que vous expiriez des vapeurs de manzana. Démonstration.

Il se met à marcher comme un dératé, en remuant les fesses plus fort qu'un danseur de rumba (c'en est presque indécent), fait demi-tour et fonce vers moi alors que je me contiens comme jamais.

— Impressionnant ! dis-je sobrement.

— Plus que ça ! se gargarise-t-il. Et encore, tu n'as pas vu ce que ça donne avec les bâtons de marche !

J'acquiesce, mets la main devant ma bouche pour contenir un haut-le-cœur et grimace. Lui, en revanche, ne se retient pas de rire.

— OK, je crois que quelqu'un a besoin d'un Doliprane et d'un café bien noir !

— *Grazie, grazie !* C'est mon rêve le plus fou !

— Allez, suis-moi, s'exclame-t-il avant de repasser la tête dans la tente pour lancer un « Je vous aime » à Albertina et Juan, désormais occupés à se balancer de vieux dossiers (« Quand j'avais dix ans, tu m'as foutu la honte devant mes copains d'école en racontant que j'avais besoin que tu me grattes la tempe pour m'endormir »).

Nous traversons la cour à pas lents.

— Que penses-tu de mes installations cette année ? s'enquiert Marin. J'ai ajouté deux cerfs et l'arche fleurie.

Sa voix s'altère et ses yeux brillent. Il frétille littéralement de fierté et de joie. Je n'ai pas le temps de répondre qu'il continue :

— Et le grand pin de Noël ? Bleu et argenté, cette fois-ci !

— Je vois que tu es toujours aussi rigide sur la sobriété et l'accord des teintes !

— Ma petite Pia, heureusement que je ne te laisse pas faire. Tes pins de Noël ressemblent à mes anciens potes drag-queens de la Villa rouge.

Je lui tape l'épaule et glousse.

— Je le prends comme un compliment ! C'est ça, ma

magie de Noël à moi : un peu de vert sous beaucoup de déco dépareillée.

— Alors que, ma magie de Noël, c'est un arbre majestueux, mis en valeur par…

Il s'interrompt soudain sur sa lancée, l'air gêné. Je suis son regard, et mon rire meurt sur mes lèvres alors que mon cœur s'emballe et que mes jambes tremblent. Ma tête se met à tourner (et ce n'est pas dû aux effluves de la manzana), ma respiration s'accélère. Mon pouls bat follement à mes tempes. Il est là. Juste là. Il ne nous a pas vus. Il ferme le portail d'une main et tient une cagette remplie de légumes de l'autre. *Victor.* Grand, très brun, les cheveux toujours un peu trop longs, un peu trop fous, et qui auraient bien besoin d'une coupe, le dos large. Il n'a pas de manteau parce qu'il n'a jamais froid. Il porte seulement un sweat à capuche Nike. J'adorais ce pull, avant. Il n'a rien de spécial : il est rouge et blanc, mais je me souviens qu'il l'avait sur lui l'an dernier, lors d'un match disputé par l'équipe de foot junior de Gruissan, qu'il entraîne, en parallèle de son métier de traiteur. J'étais dans les gradins. Je déteste tout ce qui a trait aux ballons et il caillait. L'enfer, mais Juan jouait. Et mon neveu aime qu'on lui hurle notre admiration et notre soutien quand il est sur le terrain.

Ce jour-là, Victor a parlé à l'arbitre puis il s'est détourné. Il a levé les yeux vers moi, m'a adressé *son* sourire. Le sien, son précieux sourire, celui qui transforme totalement son visage et fait pétiller ses iris. Celui qui vous donne l'impression d'être unique. Irrésistible, un peu moqueur, total, entier, solaire. Oui, il portait ce sweat. Ce sourire m'a réchauffée tout entière. Et puis son regard m'a quittée pour se fixer sur Nelly. Ça m'a mis le cœur en vrac. J'ai eu envie de la tuer, ou de partir en courant, ou de foncer vers lui pour l'embrasser. J'ai crevé d'envie de lui crier que je l'aimais. « Pourquoi tu t'es mis en couple avec elle ? Je t'aime, moi, même si je n'ai jamais osé te l'avouer ! » J'étais tellement amoureuse de lui, et lui était tellement amoureux de Nelly. Je me suis tue.

— Pia, murmure Marin en serrant doucement mon

bras. Albertina t'a dit qu'on l'avait engagé comme cuistot pour le gîte ?

Victor se retourne. Barbe de trois jours, bouche pulpeuse. Nos regards se croisent. Il est loin, mais je connais par cœur ses yeux verts aux pépites dorées et marron. Il m'a confié que c'était dû à un manque de vitamines quand il était petit. Mais moi, j'ai tout de suite imaginé qu'il avait quelque chose de spécial, qu'un peu d'or s'était déposé dans ses prunelles, à sa naissance. Et j'ai toujours préféré cette explication. L'espace d'une seconde, il se fige. De mon côté, il y a gros, gros flirt avec la crise cardiaque. Si seulement il pouvait me sourire, même si nous ne nous sommes pas parlé depuis un an, et que notre dernière conversation peut se résumer ainsi : cris – insultes – pleurs – silence…

Il avance sans me lâcher du regard, froid et insondable. Quand il arrive à notre hauteur, Marin prend la parole d'un ton enjoué qui sonne faux :

— Salut Victor ! Tu vas bien ce matin ? Qu'est-ce que tu nous prépares de bon ?

— Des arêtes panées et de la soupe de poisson.

Cet accent du Sud… Il fait chanter sa voix, même quand il la veut cassante.

— Bonjour Victor, osé-je souffler, m'efforçant d'ignorer le fait qu'il a cité les plats que je déteste le plus.

Il se tourne vers moi et hausse un sourcil qui dit : « Tu es sérieuse, là ? » Puis, il me dévisage d'un air insupportablement condescendant. Le risque de crise cardiaque s'éloigne, la honte prend le dessus : j'essaye de me voir de son point de vue et OK… on peut considérer que ce n'est pas mon jour de gloire : trace d'oreiller sur la joue, maquillage qui a viré gothique et chignon savamment coiffé-décoiffé transformé en demi-chignon pathétique faisant penser à une petite crotte posée sur mon crâne. J'ai toujours pensé que, si je le revoyais, ce serait comme un ralenti dans un film romantique. J'aurais les cheveux virevoltants, la mine épanouie… Il y aurait peut-être même un peu de pluie, comme dans tout film romantique à la con qui se respecte ! Ce serait…

— Salut, soleil de ma vie, fantasme de mes nuits ! clame Milo, qui nous a rejoints sans même que je m'en rende compte.

Il s'avance vers Victor pour lui faire la bise et se tourne vers moi.

— Surprise ! Pia-Mia est rentrée ! Je t'accorde que là, tout de suite, maintenant, elle n'est pas de première fraîcheur, mais je t'assure que c'est ma faute : je l'ai remplie de manzana hier soir. Ça te fait plaisir de la revoir ?

Furieuse, je fronce les sourcils et cligne des yeux pour qu'il la ferme, mais il éclate de rire, alors que Victor me dévisage sans se dérider.

— Ravi, répond-il finalement d'un ton maussade. Excusez-moi, mais j'ai du boulot.

À ces mots, il s'éloigne… avant de faire volte-face et de me regarder. Espoir, bonheur, espoir. Va-t-il finalement avouer qu'il est heureux de me revoir ?

— Tu as un emballage de Kinder Bueno collé à ton jean, lance-t-il avant de se détourner et de repartir à grands pas.

— Ouh, le vilain ! commente Milo alors que Marin saisit l'infâme preuve de mon boulottage nocturne et me la tend d'un air désolé. Je ne savais pas qu'il pouvait être aussi humiliant. Remarque, ça le rend encore plus sexy !

— Victor n'est pas méchant, intervient Marin. Pia lui a trop manqué, c'est tout ! Bon, on le boit, ce café ?

Marin voit toujours le bien et l'amour partout. Moi, je sais que Victor me déteste. Ça tombe bien ! Moi aussi ! Depuis le début. La première fois que je l'ai rencontré, c'était à l'école. Il était nouveau et j'ai foncé sur lui pour lui voler son goûter. Il n'a pas protesté et s'est exécuté. Des BN et du chocolat Merveilles du Monde. Pour ses dix-huit ans, je lui ai offert dix-huit tablettes de Merveilles du Monde et je lui ai écrit une lettre que je ne lui ai jamais donnée. Je lui avouais que je l'avais toujours aimé, de tout mon cœur, depuis le tout premier jour, quand je l'avais terrorisé. Il a eu les chocolats, mais mes mots, jamais.

WhatsApp – Cabrera Dream Team

Milo, 10 h 21

Je ne voulais pas remuer le couteau dans la plaie devant Marin, mais… Alors ? #malaisedelannée

Pia, 10 h 22

Alors, rien. Je me fous totalement d'avoir vu Victor.

Milo, 10 h 22

Mensonge éhonté. Même par clavier interposé, tu ne sais pas baratiner ! Que c'est pathétique !

Pia, 10 h 23

OK. Tu veux que je te dise que j'ai été chamboulée, alors que lui visiblement n'en avait rien à secouer ? Et que je suis mortifiée qu'il m'ait vue décoiffée, les yeux bouffis ?

Milo, 10 h 23

Tu oublies le summum : cette splendide trace d'oreiller sur la joue !

Pia, 10 h 24

Merci pour ce compte rendu de mon humiliation. #jettemoiduhautdunpont

Milo, 10 h 25

Clou du spectacle : l'emballage Kinder ! Allez ! *Forza*[1] ! Mine de déterrée ou pas, tu es belle et, s'il ne le

1. Courage.

réalise pas, c'est que c'est un *bastardo,* lui aussi. Maintenant, laisse-moi tranquille, je bosse.

Pia, 10 h 25

C'est TOI qui m'as écrit.

Milo, 10 h 26

C'est TOI qui as continué.

Albertina, 10 h 40

Je ne supporte plus mon fils : vous avez vu à quel point il est insolent ?

Milo, 10 h 41

Et la voilà repartie... Fous la paix à ce pauvre Juan. Tu es une mère abusive et, lui, c'est un ingrat. Je le sais, tu le sais, il le sait, tout le monde le sait. Vis ta relation conflictuelle avec sérénité ! C'est votre mode de communication. Au fait, je voulais te dire que Marin est super hot en bleu moulax.

Albertina, 10 h 41

Arrête de fantasmer sur mon mec ! Retourne gérer les comptes Twitter de tes clients. Je lève les yeux au ciel.

Milo, 10 h 41

Smiley, *merda* !

Pia, 10 h 41

Smiley, enfin ! !

Avant

Des lunes aux amandes et à la vanille

Aujourd'hui, c'est Noël. Je n'ai qu'une envie : dormir. À tel point que, quand j'ai ouvert le paquet qui contenait les Nike Air que je veux depuis des plombes, j'ai juste… bâillé. Maman a failli se mettre à chialer en pensant que je ne les aimais pas. Ma petite maman ! J'ai eu envie de tout lui raconter. Crevé parce que nuit blanche, crevé parce que toute la nuit au téléphone avec Pia-Mia. Pia n'arrive pas à dormir la veille de Noël, elle me l'a dit. Elle ferme les yeux, essaye de se calmer, se lève, tourne en rond, se recouche. Rien ne marche et au bout d'un moment, particulièrement à 2 heures du mat, ça l'angoisse. Alors cette nuit, je l'ai appelée, à 2 heures pile. On a parlé jusqu'à 6 heures. On a compté les moutons, on a ri, on s'est raconté mille trucs insignifiants qui n'appartiennent qu'à nous. Elle a mangé une tonne de Kinder dégueulasses pendant que moi je m'empiffrais de biscuits faits maison – farine, poudre d'amande, gousse de vanille, beurre, sucre, œufs, le tout pétri très légèrement et façonné en petits croissants de lune recouverts, après cuisson, d'un voile de sucre glace.

Désormais, ces sablés auront toujours le parfum de Pia-Mia, et Pia-Mia, le 25 décembre, sera à jamais un petit croquant de Noël. Croustillant, doux, exquis.

Victor, 18 ans

Chapitre 4

Maintenant

Où un MOOC de réflexologie plantaire croise le fer avec une Italienne autoritaire, histoire de faire bon accueil à l'enfant prodigue.

Je suis tellement bien chez Albertina et Marin ! Comment ai-je osé me plaindre de ne pas disposer de ma maison, hier soir ? Aucun doute : on est mieux chez eux ! Ce qui est merveilleux ici, c'est que tout est à sa place. Alors que chez moi… je suis si bordélique que chercher la moindre petite chose me demande une énergie folle, doublée d'une patience hors norme. Marie Kondo ferait une syncope si elle entrait chez moi. Et si elle en ressortait vivante, la pauvre serait victime d'un syndrome de stress post-traumatique aigu. Rien n'est jamais à sa place. Je me bats avec les chaussettes solitaires. Mes clés de voiture semblent être douées d'une volonté propre et se cachent dans les endroits les plus farfelus. Mon portable, le sel, le poivre, mes Converse, les élastiques à cheveux (existence autonome, eux aussi). Tout se ligue *toujours* contre moi.

Alors qu'ici tout est ordonné, mais sans aucune froideur : c'est délicieusement vivant. J'adore cette immense pièce à vivre, totalement ouverte sur l'extérieur avec ses baies vitrées, son parquet clair, ses tapis multicolores jetés partout. J'adore le pin de Noël, à côté de la cheminée à briques rouges, avec au pied les cadeaux déjà entassés. L'odeur des *amaretti* à la cannelle d'Albertina, mêlée à celle du café. Et les petits objets du quotidien, tout ce qui témoigne des lubies de Marin : les bonzaïs, les porte-clés, les haltères, les puzzles 3D ; du côté bordélique de Juan : ses cannettes de Coca vides, ses baskets, ses mangas. Albertina est la seule à ne pas laisser traîner ses affaires : elle réserve ça pour son « boudoir », la pièce délicieusement féminine dans laquelle elle s'enferme des heures pour écrire. C'est ce contraste que j'aime chez ma sœur. Sa tendance rigide, stricte, *mama* qui gère, et sa folie créatrice, débridée, celle qui s'exprime dans son petit bureau sous les toits. Quand elle tisse une histoire, elle me rappelle l'enfant sauvage, décidée et inventive qu'elle était. Celle qui nous proposait toujours des chasses au trésor, qui nous entraînait à la poursuite de monstres légendaires, qui inventait des règles folles (« Si on arrache trois brins d'herbe d'un coup, on vivra jusqu'à soixante-dix-sept ans »).

Et puis, il faut bien l'avouer : elle écrit les scènes hot comme personne ! Rien que de penser à celle de son dernier roman, quand Cédric, le héros médecin, retrouve Amanda l'infirmière dans la salle de pause déserte… J'en ai encore des frissons (même si parfois j'ai des pensées parasites quand je la lis, du style : « Est-ce qu'elle s'inspire de sa propre sexualité avec Marin quand elle décrit cette position acrobatique de folie… ou non ? »).

Depuis combien de temps suis-je étalée comme une étoile de mer sous tranquillisants dans ce merveilleux canapé hyper moelleux aux côtés de Juan, qui lui aussi joue à la larve humaine ? Deux heures ? Trois heures ? J'ai quand même bondi de joie quand Thaïs est passée en coup de vent pendant sa ronde : avec le marché de Noël et la surveillance du concours de la plus grande bûche de France, auquel participe l'association des pâtissières de la ville depuis des années, elle a de quoi faire, en tant que flic[1] ! J'ai un peu aidé Juan à réviser son français en vue de son brevet blanc, avant de jeter l'éponge quand on en est arrivés à la différence entre une métaphore et une comparaison (je suis mécanicienne de métier, moi, pas littéraire !)

C'est parfait. Enfin… ça le serait si je ne ressassais pas autant. Et qui je ressasse ? QUI ?

Victor. VIC-TOR. C'est dingue ! Je ressasse VICTOR, alors que mes pensées les plus assassines, les plus impitoyables, les plus vengeresses devraient se focaliser sur Evan-ce-trou-duc ! Non. Je n'ai que Victor en tête. Le regard de Victor, le visage de Victor, la froideur de Victor, sa remarque acide sur mon emballage Kinder. Comment ai-je pu éprouver ne serait-ce qu'une once d'affection pour lui ? Pourquoi perdre mon énergie à songer à lui ? Ça fait des lustres que je l'ai rayé de mon esprit. Oui. Tout à fait.

— Arrête de gigoter comme ça ! s'exclame Marin. Comment veux-tu que je me concentre sur tes chakras pédestres si tes orteils dansent la samba ?

Ah oui ! En deux heures, j'ai aussi eu le temps de devenir le cobaye de Marin, qui suit un énième MOOC[2]. Son trentième, au moins. Après « Comment tailler son bonzaï pour lui donner forme humaine ? », « Les figures basiques et complexes du catch » ou encore « La bonne méthode pour devenir hyperlaxe des mains », nous en sommes à « Recharger ses chakras par le bien-être du pied en huit étapes ». Albertina déteste qu'on lui tripote les pieds. Marin a un TP à effectuer, et voilà comment j'ai fini les doigts de pied en éventail, à me faire douloureusement masser/chatouiller par mon beau-frère. Oui, la vie prend parfois des tournures inattendues.

— Désolée, Marin, mais franchement, ton truc, c'est

1. Découvrez l'histoire de Thaïs et de cette fameuse bûche dans la nouvelle « C'est Noël, rien ne va plus ! », publiée chez HQN et en poche dans le recueil *Devine qui vient pour Noël*.

2. MOOC (ou Massive Open Online Course) : formation à distance via des cours en ligne.

pas censé me décontracter ? J'ai l'impression que tu veux me broyer les phalanges.

— On ne dit pas phalanges pour les orteils, répond-il, concentré sur la documentation qu'il a imprimée. Et c'est normal que tu souffres : tu es tendue. Tu devrais essayer de te relaxer.

— Je suis totalement détendue !

Je tente de fermer les yeux, mais l'image de Victor me vient à l'esprit : ses longs, très longs cils, les fossettes qui apparaissent quand il sourit ne serait-ce qu'un tout petit peu. Ses…

— Alors, les loques ? lance Albertina, qui est apparue comme par magie et se plante devant nous, hyper fraîche, hyper active, hyper parfaite. Marin, tu en as pour longtemps avec les pieds de ma sœur ? Et toi, Pia, tu prends racine ou tu comptes faire quelque chose de ta vie ?

— Ma mère et son besoin de tout régenter à la baguette ! intervient Juan en soupirant. Marin, tu sais que tu es mon idole, parce que tu es tombé amoureux d'elle *malgré tout* !

Marin laisse échapper un rire qu'il étouffe devant le regard assassin d'Albertina. Ma sœur s'attaque ensuite à son fils.

— Pas étonnant que je doive tout régenter. Prenons ton cas : je te fais confiance, tu es censé réviser…

— C'est ce que je fais ! proteste Juan d'un air innocent en secouant le manuel qu'il tient en main.

— Ah oui ? réplique Albertina avant de plonger sur lui avec une rapidité digne d'un guépard surentraîné, pour saisir le portable qu'il planquait. Dis donc, la maîtrise de Snapchat est au programme du brevet blanc, cette année ?

— Tu es tellement fatigante ! commente Juan avec flegme.

Albertina devient rouge. J'ai l'impression que de la fumée va sortir de ses oreilles.

— Ça suffit, maintenant ! Bougez-vous ! Pia, file récupérer tes affaires chez toi, profites-en pour saluer les locataires et te réconcilier avec Victor. Ensuite, tu ramènes tes fesses ici pour t'installer confortablement. Tu iras aussi faire un tour au garage pour annoncer à José que tu es de retour.

Je suppose que c'est pour de bon et que tu te remettras à bosser après les fêtes ?

J'acquiesce alors qu'un sentiment de honte me saisit en pensant à la façon dont j'ai abandonné José, mon employé, qui a dû gérer le garage seul depuis mon départ. Et puis… la perspective d'affronter Victor…

— M'installer confortablement ? Tu parles ! Dans le lit superposé de Juan. Super !

Technique éprouvée du changement de sujet. Je suis prête à tout pour retarder le moment de me confronter à lui !

— Ne détourne pas la conversation et fais face à tes conneries. Chez les Cabrera, on assume !

— Et je ne te permets pas de critiquer mon lit superposé, s'exclame Juan. En plus, je te laisse la place du haut, la meilleure ! Ta sœur est une ingrate, *mama* !

Albertina tend son poing pour checker avec son fils. Voilà comment ces deux-là bondissent de la case « on s'étripe » à la case « on se ligue contre Pia ».

— Je me demande comment tu as pu oublier ton sac chez cet abruti d'Evan ! lance ma sœur en levant les yeux au ciel. Quand même !

— J'étais perturbée ! Mets-toi à ma place ! On m'apprend qu'il me trompe, j'ai une fesse calcinée et…

— Une fesse calcinée ? m'interrompt Juan, l'air interdit.

Je bégaye, mais heureusement pour moi Albertina coupe court, alors que Marin ne peut retenir un gloussement.

— Juan, monte dans ta chambre et finis tes révisions.

— Tu sais que tu es un tyran, et que plus tard, en thérapie, j'aurai un paquet de trucs à raconter sur la façon dont…

— JUAN ! crions-nous tous en même temps.

— Ça va, ça va, grommelle-t-il en faisant mine de ne pas réussir à s'extraire du canapé.

— Quant à toi, Pia-Mia Cabrera, tu exécutes mes ordres *fissa fissa*.

Mon soupir fait écho à celui de Juan.

— Ce que vous êtes immatures ! Marin, aide-moi, dis à Pia qu'elle doit parler à Victor.

— Je dis à Pia qu'elle doit parler à Victor, répète-t-il, hilare, en rangeant son huile de massage.

#libérationdemesorteils

Albertina claque sa langue contre son palais.

— Dois-je te rappeler que Victor est ton meilleur ami depuis toujours ?

On a fait un pacte de sang et on a craché dans nos paumes. Mais…

— C'est aussi celui qui m'a brisé le cœur !

— Tu te comportes comme une enfant ! s'impatiente-t-elle.

Marin soupire.

— Albertina chérie, tu as saccagé mon travail ! lui reproche-t-il. Pia est tendue comme un string.

— Oui, tu as saccagé son travail, renchéris-je d'un ton victorieux.

— Ce n'est pas en tripatouillant les pieds de ma sœur que tu vas la remettre d'aplomb. Écoute, Pia, votre situation avec Victor est ridicule.

— Pas du tout. Si on reprend les choses depuis le tout début…

— Ça fait cinq cents fois que tu prends les choses depuis le début et que tu me racontes toute votre histoire. Désolée, j'ai une deadline à respecter et une éditrice qui me harcèle. Par pitié, règle tes problèmes. Et va chercher de quoi t'habiller décemment : tu ne ressembles à rien !

— Oui, maman, dis-je d'une voix peu amène.

Elle plisse les yeux, #leretourduparrain, hausse les épaules puis s'éloigne à grandes enjambées. Elle gravit lestement les marches de l'escalier en colimaçon qui mène à l'étage, avant de se mettre à vociférer :

— Juan ! Tes chaussettes dans les marches ! VIENS TOUT DE SUITE LES ENLEVER sinon je te jure que je jette tous tes sous-vêtements à la poubelle et que je ne t'en rachèterai pas avant l'an prochain. Peu m'importe si tu perds un orteil à cause du froid ou que tu te tapes une irritation des couilles à cause du frottement de ton jean !

Marin soupire avec délice, avant de souffler :

— Dieu que je suis amoureux de cette femme !

Ce qu'ils sont beaux, tous les deux.

— Elle n'a pas tort, tu sais, ajoute-t-il. Tu devrais parler à Victor. Vous vous aimiez tellement.

Je l'aimais tellement… Et lui s'est foutu de moi. Je demeure silencieuse. Marin tapote mon tibia, avant de se relever et de me tendre les mains. Je les saisis et il m'aide à me redresser d'une secousse énergique.

— Allez, en avant. Affronte ton destin !

Son ton est conquérant, alors que moi je me sens minable. Mais je me laisse porter et me dirige vers la porte que j'ouvre en grand… pour tomber sur Victor. Évidemment. Forcément.

#viedemerde

Il se fige et reste planté là, à me fixer d'un air glacial. Je me concentre à fond pour le battre à ce jeu-là. Pincement des lèvres, œillade impitoyable. Je pense « glaçon », je pense « congélo », je pense « froideur intense tout droit venue du pôle Nord ». Mais ça ne semble pas l'impressionner puisqu'il esquisse un demi-sourire tout à fait horripilant. Je lève les yeux au ciel. Il hausse les épaules.

— Tu comptes prendre racine ? demande-t-il avec ironie.

Mais pourquoi, pourquoi, pourquoi faut-il qu'il soit aussi CON ?

— Je fais ce que je veux ! Si j'ai envie de prendre racine, je le fais. Je peux même m'enterrer, tu vois : je suis chez moi !

Silence. Mouché, Victor ! Alors, hein ? Qu'est-ce que tu dis de ça ?

— Techniquement, tu es chez ta sœur et Marin, me corrige-t-il avec un brin de condescendance.

— C'est pareil, c'est la famille.

— Famille que tu as allègrement lâchée l'an dernier, sans un regard en arrière.

Coup bas ! C'est mesquin !

— Tu veux vraiment qu'on ressorte les vieux dossiers ?

Il prend sa mine « essaye-si-tu-veux » qui me rend dingue avant de s'effacer pour me laisser passer.

— Ça n'en vaut pas la peine. Comme tu l'as dit la

dernière fois qu'on s'est vus, nous n'avons plus rien à faire ensemble, et plus rien à nous dire.

— Techniquement, la dernière fois qu'on s'est vus, c'était il y a trois heures et je n'ai rien dit, *moi* : c'est toi qui m'as parlé. D'un emballage Kinder. Grandiose.

Je le dépasse avec un port de reine, #queenBthatsme, et j'avance de quelques pas quand il lance d'une voix sonore :

— Je vois que ton séjour chez les Marseillais ne t'a pas rendue plus tendre, Pia-Mia Cabrera.

Et voilà, je sens que je bous comme une cocotte. J'inspire, expire, pense aux conseils de Maître Zen, le gars de l'appli pour rester zen, mais je ressemble plus à un buffle qu'à une charmante théière japonaise. Je vais l'étriper. Le scalper. L'émasculer. Non. Non, reste calme. Éloigne-toi dignement.

— Et voilà ! C'est ton truc de partir sans un mot, conclut-il.

Alors là, c'en est trop. Je fais volte-face pour affronter son regard froid, où pointe tout de même une lueur de défi et d'ironie. Et soudain, c'est comme si je m'étais enfilé dix Red Bull et cinq cachetons de Guronzan. Je serais capable de l'attraper, de le soulever et de l'envoyer valser jusqu'à Venise. Je parcours les quelques mètres qui nous séparent et plante mon index sur son torse (formidablement musclé, mais ce n'est pas le sujet).

— *Merda !* Tu me fais chier, Victor. Qu'est-ce que tu crois ? Que je vais sauter dans tes bras après ce que tu m'as fait ?

— Moi ? Tu es sérieuse, là ? Je ne te comprends pas. Mais je crois que ça n'a jamais été le cas. Dès le début. Tu as une drôle de façon de te comporter avec tes proches, Pia.

— C'est ça ! Joue l'innocent !

Alors que ma voix part dangereusement dans les aigus et que je pourrais faire une concurrente tout à fait honnête à Adèle, #rollinginthedeeeeeeeeep, il secoue la tête.

— Tu es complètement folle, en plus d'être hystérique. Ça m'avait manqué, tiens !

— Eh bien, moi, tu ne m'as pas du tout manqué ! répliqué-je avec hargne.

— Je n'en doute pas ! Tu étais en tellement bonne compagnie. D'ailleurs, il est où ton mec ?

— Il… Il arrive demain. On passe Noël ici, en amoureux et en famille, et on repart.

Mais d'où vient ce bobard pinocchiesque ? C'est sorti tout seul.

Le sourire de Victor s'élargit et devient plus insolent.

— Merveilleux ! Je vous souhaite bien du plaisir ! Tu l'as quand même prévenu que, la veille de Noël, il aura droit à une nuit blanche, le pauvre ? Il a bien du courage.

J'ouvre la bouche et la referme bêtement, alors que des larmes jaillissent au coin de mes paupières. Il n'a pas le droit d'écorcher la nuit du réveillon. La nôtre.

Le souvenir me revient avec une force brutale. Depuis que je suis toute petite, je n'arrive pas à dormir, la veille de Noël. Au début, c'est grisant mais, lorsqu'il est 2 heures du matin, la solitude se fait plus pressante. Au lycée, je l'ai avoué à Victor et, à 2 heures pile, il m'a appelée. On a passé toute la nuit au téléphone. On a partagé toutes nos playlists, on s'est raconté des blagues de Toto, on a ri, on a compté les moutons… On a raccroché au petit matin, épuisés, heureux. Chaque réveillon s'est déroulé ainsi jusqu'à l'an dernier. J'ai passé la nuit de Noël dans un silence assourdissant, à regarder l'écran noir de mon téléphone, à l'attendre. J'avais le cœur lourd comme jamais, parce que je savais que c'était la fin.

Un mois plus tard, je quittais tout pour suivre Evan à Marseille, emménager avec lui et tenter de rayer Victor de ma vie.

— Evan sait parfaitement me tenir compagnie durant mes nuits blanches. Mieux que quiconque ne l'a jamais fait.

Uppercut, doublé d'un coup de tête-balayette. Prends ça, *stupido* !

Victor laisse échapper un rire bref, s'incline très légèrement, puis fait volte-face et entre chez Albertina et Marin.

Et moi… Moi, je le regarde fermer la porte très doucement, en me demandant comment il se débrouille pour toujours, toujours me foutre le cœur en vrac.

Groupe WhatsApp – Cabrera Dream Team

Pia, 10 h 11

Dans la famille « Gros cons en goguette », je voudrais Victor.

Albertina, 10 h 11

J'en déduis que vous ne vous êtes pas réconciliés ? Dans la famille « Rancunières à deux balles », je voudrais Pia.

Pia, 10 h 12

Il entrait chez vous quand j'en sortais : il est resté planté là et m'a demandé si je prenais racine. MOI ! Alors que je suis chez MOI !

Albertina, 10 h 12

Techniquement, tu étais chez moi, mais c'est un détail.

Pia, 10 h 13

En tout cas, j'étais plus chez moi que lui chez lui, HEIN ? Gonflé, non ? Et ensuite, il m'a fait des reproches, il s'est foutu de moi… Qu'est-ce qu'il venait foutre là, d'abord ? C'est bien ma veine : pile quand je sors, je tombe sur lui.

Albertina, 10 h 14

Il venait donner le menu du jour à Marin et discuter du programme culinaire du réveillon. Vous êtes deux gamins. Qu'est-ce que vous attendez pour vous réconcilier ?

Pia, 10 h 14

Dans la famille « Mères morales à deux balles », je voudrais Albertina.

Albertina, 10 h 15

Bonne pioche ! Es-tu allée te présenter à nos hôtes ? As-tu récupéré tes affaires ?

Pia, 10 h 15

Je suis en route.

Albertina, 10 h 16

En route ? Tu habites en face.

Pia, 10 h 16

Je marche lentement et t'écris en même temps. J'ai le droit de flâner au milieu du jardin féerique que ton mari a créé.

Albertina, 10 h 17

Dans la famille « Je procrastine à mort », je voudrais Pia.

Milo, 10 h 19

Dans la famille « Vous me faites chier j'étais en train de dormir et mon téléphone n'arrête pas de biper à cause de votre conversation », je voudrais Pia et Albertina. #messœurscesboulets

Pia, 10 h 19

Mets-le en silencieux, crétin. #monfrèremacroix

Milo, 10 h 20

Impossible, Monica doit m'appeler.

Albertina, 10 h 20

Vous devez faire le point sur l'Instagram de Filoupoupou ?

Milo, 10 h 21

Oui. Et ça sera très positif. La dernière photo de son caniche que nous avons postée a été likée 38 000 fois. Carton plein. #douéquejesuis

Pia, 10 h 21

Dans la famille « Modestie », je voudrais Milo.

Milo, 10 h 22

Allez, taisez-vous, laissez-moi dormir.

Albertina, 10 h 22

METS TON TÉLÉPHONE EN SILENCIEUX !

Milo, 10 h 23

Arrête de me crier dessus en majuscules. Ça m'effraie.

Avant

Un cocktail avec plein, plein de choses mal assorties dedans

Aujourd'hui, mes parents ont invité ceux de Pia-Mia pour l'apéritif. Nous, avec Pia, on est allés dans la cuisine. Je lui ai dit de s'asseoir derrière le grand comptoir, et on a joué au barman et à la cliente. Elle a pris une voix de grande dame et a commandé un cocktail. J'ai réfléchi et j'ai mis dans un grand verre à pied : deux feuilles de menthe, un peu de sirop de citron vert, une tranche de pomme et de la limonade. J'ai rajouté dix pailles de toutes les couleurs pour que ce soit beau. Mais Pia a fait une grimace et elle a dit que c'était bien trop simple pour un cocktail, que c'était nul ! Alors elle a pris ma place et elle a rajouté du Coca, du sirop de fraise, des raisins, des bonbons Haribo, un peu de harissa et une pincée de poivre. On a goûté. C'était dégoûtant, mais j'ai dit que j'adorais. Pia est comme son cocktail : elle a plein de goûts et de couleurs différents. Sauf que, elle, elle est délicieuse.

Victor, 9 ans

Chapitre 5

Maintenant

Où Ti amo se heurte à une paire de fausses notes et à un problème de taille. Parce que la vie n'est pas un long fleuve tranquille.

19 heures et retour chez Albertina, sur le canapé, après une journée finalement bien chargée : j'ai coché toutes les cases de la liste imposée par ma sœur-ce-parrain-de-la-mafia. Je me suis présentée aux locataires de ma propre-maison-transformée-en-gîte, j'ai récupéré mes affaires, j'ai pris une douche en mode pub Ushuaïa, et vas-y que je me frotte le corps à la crème gommante-lavante-relaxante senteur jasmin vert aux pétales de rose acidulée du Brésil jusqu'à ce que la salle de bains devienne un véritable hammam. Dès que j'ai plus ou moins réussi à camoufler ma gueule de bois sous une généreuse couche de blush bonne mine, je me suis rendue au garage faire amende honorable auprès de Sergio. Ça m'a émue de revoir la vieille pancarte, celle qu'avait placardée mon grand-père quand il a monté l'entreprise familiale « Garage Cabrerra », avec deux « r », à cause d'une erreur de l'imprimeur qu'on n'a jamais fait corriger. Rien n'a changé : le vaste intérieur rempli d'outils, les voitures en attente d'être « soignées », l'odeur de l'essence et du plastique, NRJ qui hurle dans les enceintes… Je suis entrée et j'ai fait face aux pieds de Sergio, qui était allongé

sous une antique Citroën. Il chantonnait. Je l'ai appelé, il a fait rouler son chariot. Il est resté immobile un instant, à me regarder, l'air éberlué. J'étais dans les starting-blocks, prête à le supplier de me pardonner. J'avais préparé tout un couplet d'excuses déchirantes, mais j'aurais dû m'en douter : pas la peine, il s'est levé, m'a ouvert les bras et m'a étreinte. J'ai senti son odeur de sueur, de suie et d'après-rasage, je lui ai dit « Excuse-moi », il a grommelé un « C'est bon, c'est fini » en tapotant mon crâne de la façon dont il le fait avec son épagneul breton (je me suis demandé s'il fallait que je réponde « wouaf, wouaf »)... Et tout était comme avant. J'étais heureuse. Il a reculé, m'a demandé de le suivre dans le petit bureau jouxtant le garage et il a consulté l'agenda comme si je n'étais jamais partie. Il m'a dit : « Si tu veux bien, boss, tu reprends le boulot le 26, avec trois pannes, deux joints de culasse et un refroidisseur à changer. Et pour la peine, c'est toi qui t'occuperas de cette casse-couilles de Mme Héitar. Allez, file, maintenant, vis, respire, retrouve ton existence. Va en ville profiter de Noël. » Voilà comment il a conclu nos retrouvailles.

Je me suis empressée d'obéir. J'étais impatiente de redécouvrir le centre-ville de Gruissan, son café, les illuminations, la place de la mairie, le haut sapin, l'immense tonnelle sous laquelle trône fièrement la bûche de Noël géante, prête à remporter pour la sixième fois le record de la plus longue de France et ainsi apparaître dans le *Livre Guinness* ; l'odeur des churros, des pommes d'amour et du vin chaud... J'ai vu Thaïs, qui n'était pas du tout en train de patrouiller (embrasser Aubin, avec qui elle s'est mise en couple l'an dernier pendant la Grande Affaire de la Bûche Saccagée, semblait nettement plus affriolant que d'accomplir son devoir pour la nation). J'ai aperçu Émilie, une amie commune, qui jouait la mère Noël et tentait de distribuer équitablement des papillotes à une grappe de mômes aussi véloces qu'une armée de T-Rex. Elle était écarlate, au bord de l'implosion, et quand nos regards se sont croisés, j'ai clairement lu sur ses lèvres ce message silencieux : « Viens me sauver. » #lâcheté. J'ai fait mine de ne pas comprendre, l'effort était trop conséquent pour ma gueule de bois carabinée. J'ai salué Mohamed qui se tapait un petit pastis sur le stand d'Arnaud. J'ai fait des bises, j'ai répondu une quarantaine de fois : « Oui, je suis revenue pour de bon. » J'ai entendu une quarantaine de fois : « Tu nous as manqué. » J'ai mangé cinq huîtres sur le stand d'Aubin et bu deux vins chauds chez Pépé. Je n'en avais pas envie, rapport aux remontées acides qui me torturaient l'œsophage, mais des arguments très convaincants ont eu raison de moi : « La solution, c'est de rééquilibrer ton taux d'alcoolémie en buvant un peu, mais pas trop. » J'ai vu le sourire de Régine, la doyenne de la ville. Le maire m'a prise dans ses bras et secouée comme un prunier. J'en aurais pleuré (si je savais sangloter). Et puis… Et puis l'émotion s'est dégonflée, d'un coup d'un seul, telle une gougère au roquefort-noix archi-ratée, quand j'ai aperçu Nelly. NE-LLY. L'ex de Victor, postée derrière un stand dont j'ai avisé la pancarte :

PETITS BISCUITS POUR GRANDS PLAISIRS : TOUS LES BÉNÉFICES DES VENTES SERONT REVERSÉS À L'ASSOCIATION « PETITE POUCE DEVIENDRA GRANDE », QUI LUTTE CONTRE LA DÉFORESTATION !

Après m'être laissée aller à quelques pensées psychotiques (et si je lui enfonçais ses pousses simultanément dans les trous de nez ET dans la bouche pour l'étouffer ?), je me suis trouvée toute dépitée. Comment cette fille parvenait-elle à allier la sexytude de Meghan Markle et la générosité de mère Teresa ? *Comment ?* Elle était toujours si digne, si gentille, si souriante, si parfaitement parfaite. Elle ne s'était sûrement jamais brûlé les fesses en tentant de faire une sexprise, *elle* !

Grosso modo, la scène a été intense et brève : je l'ai vue. Elle m'a vue. Elle a froncé les sourcils, j'ai double-froncé les miens. Elle a pris l'air dégoûté. J'ai pris l'air féroce. Mais elle s'est contenue, se détournant gracieusement, dignement, d'une façon très mature, alors que je soufflais comme une clim en pleine canicule. J'ai étouffé trois jurons en italien. Je suis devenue écarlate. Puis, j'ai eu le cœur lourd en réalisant qu'elle me battrait à chaque fois.

Elle a toujours gagné, puisque c'est d'elle que Victor est tombé amoureux. C'est elle qu'il a serrée dans ses bras, et c'est elle qu'il a embrassée… C'est elle qui l'a eu.

Je m'enfonce un peu plus sur le canapé auprès de Milo.

— Ce qu'elle est…

— … Horripilante ! J'ai saisi, *pulcino*[1], tu rabâches alors que j'essaye d'avancer, là, répond Milo, concentré sur l'écran et la constitution de notre playlist « Grand Karaoké Kitsch de Noël ».

Je jette un coup d'œil à la programmation : Spice Girls, Dalida, ABBA, Justin Bieber, et les classiques italiens : Toto Cutugno, Eros Ramazzotti… Forcément ! Que des morceaux que je ne maîtrise pas !

— Arrête de ne coller que des trucs que je ne sais pas chanter, juste pour me voir perde.

— Attends, je t'ai mis *Ti amo* ! Ne commence pas à essayer de justifier ta future défaite.

— Cette année, pour la première fois, je compte t'écraser.

Milo se contente de pouffer discrètement. Depuis toujours, le 22 décembre, on s'affronte en chanson. On boit, on braille, on rit, on fait des vocalises. Albertina s'applique tellement qu'on dirait qu'elle passe le bac, Marin chante de plus en plus faux au fil des années, mais paraît persuadé du contraire et le prouve avec un enthousiasme qui frôle la dévotion, Juan fait d'abord semblant de détester cette tradition, mais finit par se plier au jeu en se prenant la plupart du temps pour un gangsta sur un morceau anti-Noël au possible. Quant à Milo… Milo est horripilant, car il chante parfaitement juste, en toute décontraction, et rafle toujours la mise. S'il n'était pas mon frère, je haïrais ce mec. #tropdeperfection

— Nelly, soupiré-je à nouveau. Elle trônait comme une princesse derrière son stand solidaire…

— Techniquement, c'est un peu une princesse, rétorque

1. Mon poussin.

Milo. Je te rappelle qu'elle a été élue Miss Gruissan. À six reprises.

Six coups de poignard dans le cœur. Voire six coups de poing administrés par Vin Diesel au top de sa forme.

— Les votes ont été truqués ! Six fois, c'est trop beau pour être vrai !

Milo hausse les épaules :

— Elle a quand même levé des fonds pour la restauration de la chapelle des Auzils, organisé la grande course aux œufs de Pâques pour les enfants, elle a fondé l'Association de protection des hérissons, mis en place la journée goûter et thé pour les personnes âgées, les déjeuners pour la...

— Ça va, ça va, ÇA VA ! *Fermo*[1] *!* Tu veux ma mort ou quoi ?

— En plus, elle est canon, ajoute Milo d'une voix taquine, en me donnant un coup de coude.

Oui, elle l'est. Victor et moi, au lycée, on était inséparables. Meilleurs amis depuis toujours. Mais moi, je n'avais d'yeux que pour lui. Tout le monde n'avait d'yeux que pour Nelly. Elle n'avait d'yeux que pour Victor... Et il a fini par n'avoir d'yeux que pour elle. À la fin de l'année, le conseil des élèves a décidé d'organiser un bal de promo à l'américaine. J'ai fait mine de m'en moquer. Sans déconner ? Enfiler une jolie robe ? Quitter mon uniforme jean-Converse pour enfiler du taffetas irisé ? N'avoir droit qu'à du Coca premier prix ? Se taper le quart d'heure de danse romantique ? Victor et moi, on en a ri. Je pensais qu'on passerait la soirée ensemble. On irait derrière le pont jaune, à côté de l'étang. On fumerait des Marlboro en mangeant des Kinder et on se foutrait de la gueule de tous ceux qui avaient bien voulu se pointer à ce bal à la con. On regarderait les étoiles, on sentirait le parfum de l'eau salée et de l'air marin, et peut-être qu'il m'embrasserait. Juste une seconde, on arrêterait de rire et il se pencherait vers moi. Mais Nelly l'a invité ; il a dit oui. J'ai passé ma soirée à pleurer dans les bras de Milo.

1. Tais-toi.

Ce n'est pas cette nuit-là qu'ils se sont mis ensemble, mais trois ans plus tard. Ce bal a été le premier jalon.

— Crois-moi, tu es encore plus jolie, *pulcino*, complète Milo qui caresse ma joue. Ton regard de braise ferait craquer le jean de n'importe quel mec !

Je pose ma tête sur son épaule.

— Merci pour le compliment, même s'il est pompé de Yannick dans *Ces soirées-là*. Tu es très chansons des années 2000, en ce moment. En tout cas, j'ai dans la tête l'image d'un sexe en érection, maintenant. Est-ce que tu dis ça pour me flatter ?

— *Dai, dai*[1], je suis ton frère, pas de ça entre nous.

Je le pousse légèrement.

— Mais c'est un peu pour t'attendrir, c'est vrai, poursuit-il. Si je peux te donner un conseil : il faut que tu chantes avec plus d'émotion si tu vises la victoire cette année ! J'ose espérer que, durant ton séjour marseillais, tu as travaillé ta voix. Tu chantes tellement faux quand tu pars dans les aigus ! Et il te manque des trémolos au début de *Ti amo* ! Sans vouloir te décourager, je…

Je me lève brusquement et me plante devant lui pour protester.

— Je suis une candidate sérieuse !

Il se contente de hausser un sourcil moqueur et me pousse sans ménagement pour se recentrer sur l'écran géant.

— *Tu chantes faux, tu chantes faux, tu chantes tellement faux…*, fredonne-t-il d'une voix parfaitement juste, sur la mélodie de *Vive le vent, vive le vent, vive le vent d'hiver.*

Je tente de lui donner un coup de pied, mais il attrape mon mollet d'une main leste.

— *Vous êtes chiants, vous êtes chiants, vous êtes tellement chiants* ! chante à son tour Albertina, qui s'est approchée et nous donne à chacun une pichenette sur le crâne. Il faut toujours que vous transformiez un moment sympa en compétition mortelle. C'est dingue ! Vous en faites quoi, de l'esprit de Noël ? Amour et partage ! Notre karaoké devrait

1. Allons, allons.

se dérouler exactement comme dans un téléfilm de M6 : des sourires débiles sur un fond musical débile…

— On a les pulls débiles, c'est déjà ça ! dis-je en pointant du doigt le mien, avantageusement décoré d'un renne à l'air passablement abruti.

— Et puis on a l'essentiel : les bons sentiments débiles ! s'exclame Milo en me ramenant contre lui pour m'offrir un câlin étouffant. J'aime teeeeellement mes sœurs !

— Et moi j'aimerais que Pia se bouge ! ordonne Albertina, qui fait le tour du canapé, nous sépare et me prend par la main. Les autres vont arriver : j'ai tout fait, comme d'habitude, mais je voudrais que tu allumes les bougies.

Elle me guide jusqu'au comptoir qui sépare la cuisine du salon et je contemple son œuvre, absolument magnifique. Sur de larges napperons brodés sont alignées les flûtes de *nonna* Conception : certaines contiennent déjà de gros quartiers d'orange parfaitement découpés et quelques zestes de citron. Chez nous, c'est un sacrilège d'accompagner le prosecco d'olives. Il y a aussi les bouteilles de lambrusco qui refroidissent pour l'occasion dans de grands vases familiaux remplis de glaçons. L'éternel spritz… Les plateaux en argent de *mama* sont pleins à ras bord et les préparations bien d'ici flirtent avec nos plats traditionnels : le magret et le foie gras de chez Francis, mais aussi des courgettes farcies plantées de gressins très fins, des frittatas à la scamorza, de petits raviolis frits à la mortadelle et les fameuses focaccias à la poutargue d'Albertina. J'en ai l'eau à la bouche. Plus que ça en fait : j'ai l'impression d'être l'ultime candidate de « Koh-Lanta » (celle qui n'a pas eu droit à sa ration de riz pendant dix jours, qui a perdu dix kilos et qui a dû se contenter de bouffer des herbes douteuses) se retrouvant devant le buffet de ses rêves les plus fous.

— C'est somptueux ! Tout a l'air délicieux !

Albertina contemple son œuvre si colorée et si belle… et hausse les épaules.

— Trois fois rien ! conclut-elle.

Et dire que, de mon côté, réussir la cuisson d'un œuf cocotte constitue un exploit digne de l'escalade de l'Everest à cloche-pied *et* en slip ! Pourquoi mon frère et ma sœur sont-ils si parfaits ? Dois-je faire péter le #vilainpetitcanard ?

— Tu es trop modeste, lance Marin, assis sur un tabouret haut et occupé à relire ses cours de réflexologie plantaire.

Il s'approche d'elle, se plaque contre son dos, dépose un baiser sur sa nuque et passe les bras autour de sa taille. Les lèvres d'Albertina s'ouvrent en un immense sourire. Le sourire « parenthèse » : celui qui fait apparaître deux fossettes aux coins de sa bouche. Elle rosit. Je fais mine de vomir. Trop d'amour fouette mon désespoir ! Albertina lève les yeux au ciel, attrape la bouteille de prosecco et me sert généreusement.

— Noie ton chagrin dans l'alcool, *cara mia* !

— Tout pour oublier cette image du bonheur parfait ! Ça me déprime. Ça me dégoûterait presque, tiens !

— Moi aussi ! renchérit Juan qui, après avoir dévalé l'escalier à grandes enjambées, se poste à côté de moi.

Je l'observe : il a l'œil sombre, les sourcils froncés, la mâchoire serrée. Ça ne lui ressemble pas. Où est passé son sourire foudroyant ?

— Ça ne va pas, *tesoro* ? demandé-je en posant une main sur son bras. Toi aussi, l'amour t'écœure ? Raconte : une fille te fait du mal ? Si c'est le cas, tu sais que je peux lui casser la gueule.

J'ai beau mimer Popeye avec le charisme de Jon Snow, il se déride à peine.

— Pas la peine ! dit-il d'un ton morne. Bon, c'est parti pour une soirée de folie ?

— L'ado préférerait-il traîner avec ses copains plutôt que d'être avec nous ? le taquine Marin.

Juan se contente de lui lancer un regard noir et file s'installer à côté de Milo. Albertina et moi échangeons une œillade très « ah les jeunes », au moment où l'on sonne à la porte.

— On est tous arrivés en même temps ! s'exclame Thaïs en riant, après que je lui ai ouvert.

Elle plante un gros baiser sur ma joue avant d'entrer et de siffler très fort. Quand Milo se retourne, elle se déhanche en braillant :

— Prêt à prendre une raclée cette année ?

Aubin, qui l'accompagne et s'apprête à goûter pour la première fois au karaoké des Cabrera, m'adresse un grand sourire, et rejoint Albertina et Marin pour leur offrir le plateau d'huîtres qu'il a préparé pour l'occasion. Suivent M. et Mme Duchalet, les locataires du gîte, que Milo a conviés. Je les ai rencontrés ce matin : deux adorables retraités qui, visiblement, vivent toujours la folle passion puisque, quand je me suis pointée, ils étaient occupés à se rouler des pelles sauvages, elle le cul sur la table de *mon* salon, lui collé-serré en mode je-te-prends-sauvagement-n'importe-où-n'importe-quand. Clairement, ils surpassaient en vigueur n'importe quel jeune couple en phase « je-te-veux-tu-me-veux » ! Pas gênés le moins du monde, ils m'ont souri (les lèvres encore… humides #jemeurs) et m'ont invitée à entrer. Nous avons discuté un long moment. Ils fêtent leur cinquantième anniversaire de mariage et avaient très envie d'un séjour à la mer. Ils se sont rencontrés à Noël quand ils avaient dix-huit ans, sur une plage, à Carnon. Selon Joce, Renan était un très vilain garçon et elle une jeune fille bien comme il faut, mais l'attirance a été immédiate. « Renan aurait pu décrocher la lune pour moi ! » a-t-elle ajouté avant de glousser et de tapoter ses cheveux couleur lavande so weavy. Et Renan de renchérir en lui lançant des regards de merlan frit, accompagnés d'un pelotage de fesses : « Bien plus que ça, et pour toujours, toujours, toujours ! » J'ai été attendrie, vraiment… jusqu'à ce qu'une sinistre pensée m'envahisse : est-ce que ces deux tourtereaux s'ébattent dans *mon* lit ? Et puis je me suis demandé dans quelle positi… Et puis je me suis autocensurée pour en rester à : très gentil et joli petit couple de retraités très fougueux. OK, un peu too much avec leur pelotage non-stop, mais mignons.

— Entrez ! dis-je joyeusement.

— Merci pour l'invitation ! lance Renan d'un ton jovial en me tendant une bouteille de bourgogne. Nous l'avons rapportée de nos terres. J'espère qu'il vous plaira !

— Je suis certaine qu'on va adorer ! Merci ! réponds-je avant de les entraîner à l'intérieur.

Nous nous réunissons tous autour du comptoir et Marin sert les boissons.

— Nous sommes presque au complet, s'exclame Albertina. Et…

— Presque ? demandé-je au moment où on frappe à la porte.

— Tu peux y aller, Pia ? rétorque-t-elle d'un ton léger.

Je m'exécute et me retrouve face à Victor.

Victor.

Génial. Magnifique. Fabuleux. Cadeau de Noël, esprit de Noël, la vie est une fête. Combien de fois vais-je trouver ce crétin sur le pas de ma porte ? Sur le pas de la porte *de ta sœur*, me corrigerait-il. Argh ! Il n'a pas encore ouvert la bouche qu'il m'agace déjà !

WhatsApp – Cabrera Dream Team

Milo, 20 h 40

Hahahaha ! Je suis la scène depuis le canapé, c'est comme si j'étais au ciné : toi face à Victor sur le pas de la porte. Tu es de dos, mais je vois que tu es agacée ! Quand tu es énervée, tu as les épaules qui tressautent, comme celles de Sissy pendant l'échauffement préalable à la séance de muscu spéciale haut du corps. Tu connais Sissy ? Les vidéos de muscu bikini avec Sissy ? Top pour se faire un corps de bomba avant l'été.

Milo, 20 h 42

Hahahaha ! Vous êtes *déjà* en train de vous prendre la tête ! Magique ! Vous êtes tellement merveilleux ! Roulez-vous une pelle direct, ça simplifiera les choses.

#pourtoutproblèmeilyaunesolution, je suis là pour te guider.

Milo, 20 h 50

Allez, j'ai pitié de toi. Je viens t'aider.

Avant

Une tartine briochée au Nutella et au beurre, saupoudrée de sucre glace et plongée dans un chocolat chaud

Quand j'avais huit ans, je suis allé un mois chez ma grand-mère. Elle était diabétique. C'était terrible pour elle qui adorait le sucre et en abusait, avant le diagnostic. Alors elle m'offrait ses petits plaisirs. Le matin, j'avais droit à un petit déjeuner « décadent », comme elle disait. Une tartine briochée faite maison, recouverte d'une généreuse couche de beurre et de Nutella, qu'elle saupoudrait de sucre glace. J'en étais fou. Et puis, je suis rentré à la maison. Le matin, j'ai eu envie de me faire cette tartine à laquelle j'étais accro. Ma mère a refusé tout net. « Ça va pas ? Trop sucré, trop gras, trop n'importe quoi. » Mémé est morte l'année suivante. Je n'ai plus jamais mangé ses tartines, je n'avais pas le cœur de m'en faire moi-même et, pourtant, elles m'ont toujours manqué. J'ai encore leur saveur en bouche. La sensation sur la langue, mêlée à la tristesse de la perte. Aujourd'hui, j'ai perdu Pia, à cause d'un match de ballon prisonnier à la con. On s'est disputés comme jamais. Elle se fout de ma gueule. Je vais inviter Nelly à passer la soirée avec moi. Et Pia… Pia, c'est fini. Pia aura toujours le goût de cette tartine époustouflante, décadente et perdue.

Victor, 21 ans

Chapitre 6

Maintenant

Où Ti amo rencontre des cris et un sérieux problème d'éclairage. Au grand dam des uns et des autres.

Incroyable ! Mais qu'est-ce qu'*il* fout là ? QUI l'a invité ? Pourquoi ? Comment ? Où ? Quand ? Je me retourne et lance un regard noir à Albertina. La mine contrite, elle tente un coucou enjoué doublé d'une grimace faussement désolée. Elle me le paiera. Certes, elle peut faire peur quand elle se la joue parrain, mais moi aussi j'ai le sang chaud. Moi aussi, je peux réveiller le Al Capone en moi.

— Décidément, tu l'aimes, ce pas de porte ! attaque Victor, sourire insolent à l'appui.

— Tu es invité ? dis-je sans bouger, en mode vigile-toi-tu-rentres-pas.

Il acquiesce et lève les yeux au ciel.

— OK, on en a pour un moment, répond-il avant de reculer un peu, de manière à s'appuyer contre la table de la terrasse et de croiser les bras (bras aux biceps scandaleusement musclés).

Je pointe du doigt sa tenue.

— Tu n'as pas respecté le dress code. Même Aubin a fait l'effort de mettre un pull moche avec des lutins à l'air pervers et un Père Noël aux joues tellement rouges que c'est certain qu'il a bu trop de sangria.

Le sourire de Victor s'élargit et, un instant, ses yeux pétillent. Nous nous regardons et, l'espace d'un quart de seconde, c'est comme si tout était retrouvé : notre complicité, nos rires, toutes ces années où nous complétions les phrases de l'autre. Mais en un souffle de mistral glacial, le lien se brise.

— Je n'ai pas eu le temps de me changer, répond-il posément.

Il porte un sweat à capuche, un pantalon de jogging et un sifflet. Il sort de l'entraînement, c'est certain. Il est beau… Il est tellement beau, avec ses cheveux fous, sa peau mate et ses fossettes. Non. Ne pas y prêter attention. Se dire que sa crétinerie écrabouille sa canonitude. Oui, voilà ! Il suffit juste que je visualise un rouleau compresseur de la connerie anéantir sa sexytude.

— Ohé, Pia !

Je sursaute. Je me suis égarée.

— Hein ?

— Je ne dois pas être le seul, si ? Si ça se trouve, vous avez épargné à Yvon le port obligatoire du pull de Noël ?

— *Evan.*

— Evan, Yvon, du pareil au même ! rétorque-t-il, la mine provocatrice.

— Ev…, commencé-je avant de m'interrompre, le cœur battant la chamade, rapport à mon *énorme* bobard.

Pourquoi ai-je raconté qu'il venait et donc sous-entendu que nous étions toujours ensemble ? Pinocchio peut aller se rhabiller. Idem pour Leo dans *Attrape-moi si tu peux*. J'avale péniblement ma salive alors qu'il poursuit son offensive.

— Evan, oui, pardon. Attends, laisse-moi deviner. *Evan* doit porter un pull assorti au tien, comme un couple parfait le ferait à cette occasion.

Je panique, je rougis, je m'affole, j'hyperventile à mort. Seule solution : partir en courant me cacher la tête dans un trou, n'importe lequel. Sortez-moi de là ! Faites qu'il y ait une diversion, comme dans les romans. Je serais même prête à ce qu'une météorite nous tombe dessus pour éviter la honte de devoir avouer la vérité.

— Evan est…, bredouillé-je. Il est…

— Il est ? reprend Victor, qui se redresse et s'approche de moi, l'air scrutateur.

— Il a…

J'ouvre et je ferme la bouche comme un poisson rouge.

— Il est… Il a…

Victor se retient de rire et…

— Le pauvre a une gastro-entérite carabinée et ne peut donc pas être des nôtres ! N'est-ce pas qu'il ne peut pas être des nôtres, Pia ? intervient Milo, qui est miraculeusement apparu à mes côtés.

Mon héros ! *Mama mia !* Mon frère est encore plus providentiel que le Professeur dans *La Casa de Papel* quand il vient sauver le cul de tout le monde au dernier moment ! Me voilà prête à le vénérer pour les vingt prochaines années et à construire un autel à sa gloire dans mon salon.

— Pas vrai, Pia ? insiste-t-il en me pinçant le dos.

— Oui ! renchéris-je avec une grimace douloureuse qui pourrait faire croire à de la compassion pour mon mec-qui-est-en-fait-mon-ex.

— Quel dommage ! souffle Victor avec un regard si inquisiteur que mes genoux jouent des castagnettes. Sur ce, Pia, il caille, là. Tu daignes me laisser entrer ou je dois te supplier ?

Au moment où j'ouvre la bouche pour lui dire que ce ne serait pas une mauvaise idée, il poursuit, sourcil arqué et mine insupportablement ironique.

— Même si, bien sûr, je n'ai aucune intention de le faire.

Il a toujours lu dans mes pensées. Intolérable !

— Mais bien entendu ! s'exclame Milo, qui me pousse sans ménagement. Viens !

Victor avance, me lance un sourire victorieux et rejoint Milo, qui le prend par l'épaule. Ils se rapprochent des autres, et moi, je les regarde. Mon frère et Victor se sont toujours bien entendus. C'est Milo qui a décrété que je devais arrêter d'embêter Victor quand il est arrivé dans notre école. C'est Milo qui l'a invité chez nous, la première fois. C'est Milo qui m'a dit un jour : « Arrête tes conneries, Pia : tu l'aimes. » Et voilà où on en est aujourd'hui.

— Malus ! MA-LUS !

Les Duchalet me regardent d'un air interloqué avant de perdre le fil des paroles de *Sittin' on the Dock of the Bay*. Je plaque la main contre mes lèvres en réalisant que ce hurlement sauvage est sorti de ma propre bouche, sans même que je m'en rende compte. La faute au prosecco. Ça se boit comme du petit-lait, c'est délicieux, mais c'est fourbe. L'alcool m'a toujours poussée à laisser jaillir ma nature profonde : celle d'une brute à l'état pur. Joce ouvre de grands yeux très légèrement inquiets et Renan fronce les sourcils d'un air… oui, observateur. Un peu comme Roger quand il m'a découverte en position de *sexpin* en déroute. Suis-je vraiment une créature étrange ? Genre ornithorynque ? Ou dodo ? Ou…

— Plutôt un dodo, c'est plus joli qu'un orni…

Je m'interromps encore une fois. Je croyais penser. En fait, je parle. Alcool, sors de ce corps, pitié ! Que je redevienne sobre ! Il fait chaud, non ? Je jette un œil à l'assemblée : Milo glousse, Albertina m'adresse un regard sévère. Juan : rien à cirer, il est scotché à son téléphone. Thaïs et Aubin, à l'ouest du plus à l'ouest des horizons : ils se contemplent d'un air niais. Mon Dieu, trouvez une chambre et faites l'amour, le sexe déborde littéralement de vos prunelles !

— PIA ! s'exclame Thaïs en riant.

— Je l'ai dit tout haut ? murmuré-je, dépitée.

— OUI ! s'écrie Albertina avant de frapper dans ses mains telle une cheftaine des scoutes. Bon, Joce et Renan… Si vous recommenciez sans prêter attention à ma sœur, qui est incroyablement mal élevée ?

— Le vilain petit canard de la famille ! ajoute Milo, hilare.

— Mais d'abord, qui veut encore un peu de cet excellent prosecco ? propose Marin.

Pas moi, merci ! J'entends un rire grave. Victor, forcément… Forcément, Victor se moque. Victor passe son temps à se foutre de moi. Je le vois à la manière dont ses cils ombrent ses yeux, à la façon dont ses iris pétillent et à ce sourire en coin… Je lui lance un regard si noir qu'il devrait le liquéfier sur place. Ensuite, je sauterai très fort dans cette flaque pour atomiser ses…

— Carrément m'atomiser ? souffle-t-il après s'être approché si près que je sens son parfum.

J'ai encore PARLÉ. Je le hais. Si fort ! À un point ! Et… tiens ? Une idée aussi lumineuse que l'enseigne d'un restaurant de tacos ouvert en pleine nuit me vient à l'esprit. Il me le paiera. Je vais lui dire ce que je ressens. En chanson. Dans le plus pur style karaoké power. Pourquoi pas sur l'air de *Vive le vent* ? *Je te hais, je te hais, je te, je te hais !* Et si je rajoutais une chorégraphie ? Tiens, la *Macarena*, et hop, quand je tends les bras, j'en profite pour faire un doigt d'honneur… Mon Dieu, je crois que je suis vraiment soûle. Mais quoi ? C'est la vérité, non ? Arf… Je suis censée détester Evan. Mais je m'en contrefous. Je hais Victor ! Allez, je vais le faire ! Trois, deux, un… Mais au moment où je m'apprête à prendre mon tour, les Duchalet se mettent en place.

— Excusez-moi, interviens-je. Mais s'il y a abandon puis reprise du morceau, c'est deux points de malus.

Face au silence, j'essaye de négocier :

— Un demi-point ? Un quart de point ?

Les Duchalet, polis, acquiescent. Fou rire de Marin, Thaïs, Aubin et Milo. Quoi ?

— Il faut lui pardonner, dit Milo. Notre petite Pia a toujours eu un esprit de compétition très affûté.

— Ah ça ! renchérit Victor avant de s'adresser aux Duchalet. Pia a du mal à gérer les challenges.

Je vais lui foutre un entonnoir dans la bouche et y verser l'intégralité des bouteilles d'alcool de la cave pour qu'il meure dans d'atroces souffrances.

— C'est bon ! m'exclamé-je. Changeons de sujet. Joce et Renan n'ont pas vraiment envie de connaître cette histoire.

Joce m'offre un grand sourire et Renan passe un bras autour de ses épaules.

— Bien sûr que si ! Vous êtes tellement fascinants, tous ! Vous…

Joce pointe Albertina et Marin du doigt avant de poursuivre :

— Vous dégagez un amour très lumineux, ce soir. Une espèce d'aura très spéciale, un lien…

Albertina rosit et embrasse la joue de Marin, alors que Joce me désigne, avant de faire la même chose pour Victor.

— Quant à vous, cette énergie sexuelle finira bien par exploser.

— Vous vous trompez : ça, c'est Thaïs et Aubin ! grogné-je.

— Non ! Il émane plutôt de Thaïs et d'Aubin une sexualité sereine, tonique et engagée. Par contre, vous… Il est grand temps d'aller vous soulager quelque part. Dans la nature, si vous voulez un conseil. Très bien pour un ébat torride quand la lune est dans sa première phase et…

Je me racle bruyamment la gorge. Victor reste de marbre, mais ses iris pétillent. Tout le monde rit et Albertina fait mine de boucher les oreilles de Juan. Celui-ci lève les yeux au ciel et se dégage. Décidément ! Il est de mauvais poil ce soir ! J'avoue que c'est le cadet de mes soucis, tant je suis mal à l'aise.

— Ma femme a suivi un stage d'énergie cosmique des émotions, nous éclaire Renan. Mais racontez-nous donc cette histoire d'esprit de compétition ! Ça semble fascinant.

— On l'appelle le Scandale du Ballon prisonnier ! s'égosille Milo en finissant son verre cul sec.

— Et les voilà repartis dans les vieux dossiers ! commente Juan d'un air blasé.

— Il faut que vous entendiez ça ! poursuit mon frère. Il y a deux ans, un grand tournoi de ballon prisonnier a été organisé sur la plage. Pia était dans les starting-blocks, il y avait des litres et des litres de muscat à gagner. Cette pauvre fille n'a jamais su résister à la perspective de s'enfiler une bonne bouteille et…

— Tu déformes complètement la vérité, je…

— Arrête, tu adores boire, regarde ! me taquine Albertina en pointant du doigt les deux verres que j'ai en main.

— J'aime juste varier les plaisirs !

— Bref, continue Milo. Nous étions tous motivés… mais le match a été une catastrophe. Pia a réussi l'exploit de se faire lâcher par sa propre équipe !

— Moi, j'ai jeté l'éponge quand tu m'as traité de salami mou, dit Marin. C'était vexant.

— Et moi, quand tu as mis une poignée de sable dans mon caleçon parce que je ne courais pas assez vite, se souvient Milo en riant.

— Moi, j'ai tenu jusqu'au bout, conclut Victor, la mine sombre. Enfin, presque…

Presque… Je le sais. Je me rappelle parfaitement cette scène, lui aussi. Et je n'ai aucune envie qu'il y fasse allusion. Pas ce soir, pas pendant notre karaoké, pas quelques jours avant Noël. Je ne le laisserai pas me gâcher la fête. Mais cet horrible moment me revient en tête : toujours aussi cruel, douloureux, pénible.

J'avoue tout : ce jour-là, j'ai été insupportable. Je voulais tellement gagner ! Ça m'a fait perdre la boule (il y avait aussi la chaleur, mon coup de soleil et tout ce Coca ingurgité le midi…). OK, j'ai harcelé mon équipe, OK, j'ai été plus horrible qu'une alliance de super-vilains. Je l'admets et je m'autoflagelle au fouet qui claque. Nelly n'était pas loin, installée sur une serviette de bain, divine dans son maillot rouge à pois blancs. Elle s'est levée et s'est approchée. J'ai braillé « Faute, faute, fauuuute ! » quand un homme de l'équipe adverse a roulé-boulé hors du terrain pour éviter mon tir. Et là, je les ai vus, elle et Victor. Ils ont échangé un regard de connivence. Le prototype même de l'œillade « elle est pathétique et insupportable mais, nous, qu'est-ce que ça nous amuse ! qu'est-ce qu'on est au-dessus de ça ! ». J'ai vu rouge. J'ai hurlé à Victor de se bouger ou de sortir. Il a calmement hoché la tête et a répondu : « Alors je sors, et avec plaisir : jouer avec toi, c'est de la torture ! » Je crois que c'est là que ça a basculé. J'aurais dû me la fermer, mais je l'ai suivi hors du terrain et je l'ai attrapé par le bras.

— Répète un peu ?

— Jouer avec toi, c'est de la torture.

— Jouer avec moi ! C'est ce que tu fais depuis longtemps, non ? ai-je répliqué, écumante de rage.

Je l'aimais. J'étais en colère. La jalousie me rendait folle.

— Qu'est-ce que tu racontes ? Je me contente de sortir du terrain, exactement comme Marin et ton frère l'ont fait. Je te remercie pour ce bon moment.

Il parlait, et moi, je ne songeais qu'au regard qu'il avait échangé avec Nelly, je ne pensais qu'au fait qu'ils se voyaient régulièrement. Il ne s'était encore rien passé entre eux, mais ils avaient mangé au restaurant, ils étaient allés au ciné, pendant que moi je tentais d'oublier leur connivence dans les bras de mecs de passage, en boîte de nuit. Je voulais tellement lui faire du mal. Je lui ai crié que je n'avais pas besoin de lui. Tant mieux, lui non plus n'avait pas besoin de moi. Il a répliqué que j'étais insupportable, égoïste et insensible. Je lui ai asséné qu'il était invivable, chiant et sans cœur. Que je n'avais pas besoin de lui (encore). J'étais folle de ne pas avoir le dernier mot… J'ai fini par lui conseiller d'aller passer du temps avec sa *chère* Nelly. Il m'a regardée très sérieusement et m'a annoncé que c'était ce qu'il comptait faire. Il m'a demandé si c'était vraiment ce que je voulais. Vraiment ? Pour de bon ? J'ai répondu que je n'attendais que ça. Moi, je m'éclatais tous les week-ends avec des mecs bien plus drôles que lui, hein ? Il n'avait qu'à faire comme moi. Son regard est devenu glacial. Il a hoché la tête et m'a dépassée pour aller la rejoindre. Ce soir-là, ils ont eu leur premier vrai rendez-vous.

Milo renchérit sur mon caractère de mauvaise perdante, alors que les Duchalet rient aux éclats. Ha, ha, ha… Le cœur lourd, la gorge serrée, je finis mes deux verres cul sec, passe devant Victor en le poussant discrètement, et attrape une poignée d'olives, alors que les Duchalet se réinstallent sur le canapé. Je la boulotte d'un coup d'un seul, et Joce lance :

— Pour la peine, c'est ton tour, Pia.

— Merci, dis-je faiblement.

— Comme d'habitude, je suppose ? demande Milo avant de poursuivre en chantonnant sur la mélodie de *Ti amo* : *Elle va… Elle va se vau-vau-trer !*

Jamais. Je contracte ma mâchoire, ramène mes cheveux en arrière, redresse les épaules et prie de toutes mes forces Beyoncé d'entrer dans ce corps, car : « *Who run the world ? Girls !* », puis je me poste derrière la table basse. Marin lève le pouce en signe d'encouragement ; Albertina hoche la tête. Tous me regardent. Victor me nargue. Oui, tout à fait, il me *nargue* : je le vois à son petit sourire et son œillade assassine.

— Je suppose que tu la dédies à Evan, qui ne peut malheureusement pas être présent ce soir ? dit-il d'une voix moqueuse.

Il me cherche, là. C'est la guerre !

Albertina ouvre la bouche, interloquée, alors que Milo s'empresse de lancer l'instrumental pour l'empêcher de parler. 3, 2, 1… je prends une grande inspiration. Je vais le faire. Le laminer, le ratatiner, l'écraser comme un vulgaire pop-corn oublié sur le passage d'une horde de fans de Marvel le jour de la sortie de *Spider—Man 3*.

— *Ti… ODIO ! Un soldo, TI ODIO ! In aria ! TI ODIOOOOO ! Si viene testa vuol dire basta : sei un grand idiota*[1].

Je suis partie sur ma lancée, là ! J'espère qu'il pige les bases : *ti odio* = je te déteste. Oui ! Il devient pâle : c'est très clair ! Revigorée, je poursuis avec une vigueur redoublée : feu Amy Winehouse doit me jalouser de l'au-delà.

— *TI… ODIOOOOOOOO !*

Albertina me fait un geste pour que j'arrête : elle rêve ! Même Eros serait fan de mon interprétation.

— *Ti odio !*

Je suis l'héritière de Freddie Mercury. Même si Milo se régale d'avance des 500 points de malus qu'il va m'infliger pour détournement de texte, je suis partie, je suis à fond, je me sens vivante, aussi sûrement que le jour où j'ai accepté de monter dans « Le broyeur de jambes », ce manège qui

1. Je te déteste ! Une pièce de monnaie, je te déteste ! Lancée dans les airs ! Je te déteste ! Si elle retombe côté face, ça veut dire que tu es un imbécile.

vous balance en avant, en arrière, à droite et à gauche. J'étais avec Victor. Il a serré ma main très fort quand j'ai crié d'angoisse. Toute la colère que je ressentais à l'instant se transforme alors en une immense tristesse.

— *Lo ti odiiiiio…*, dis-je dans un murmure.

Il y a un blanc… puis Milo coupe le son. Je tente un salut : il est merdique.

— 200 points en moins ! Tu es éliminée d'office ! lance Milo dans un effort visible pour détendre l'atmosphère. Mais merci pour cette interprétation toute personnelle et magistralement haineuse de ce bel hymne à l'amour.

Piteuse, je jette un œil à Victor : traits tendus, regard étincelant. Il hoche la tête. Et le voilà qui fait le tour du canapé à grandes enjambées, attrape mon bras et me dit d'une voix sourde :

— Toi et moi, il faut qu'on parle.

Sans que j'aie le temps de protester, il m'entraîne vers la porte qu'il ouvre à la volée, sous les *Ti odio* moqueurs de Renan (je crois que lui aussi a trop bu), et me pousse dehors comme si j'étais un relou de boîte de nuit viré par le vigile. Il est gonflé ! Ma rage reprend le dessus, alors qu'il claque la porte derrière nous.

— De quel droit tu te permets de me traîner comme ça hors de chez moi ?

— Tu n'es *pas* chez toi !

— On a déjà eu cette conversation.

— Et elle n'a aucun intérêt. J'aimerais plutôt qu'on parle de nous.

— Nous ? m'exclamé-je avec un éclat de rire mauvais. Il n'y a plus de nous.

Est-ce qu'il a eu un mouvement de recul ? J'ai rêvé ? Non… Son visage est parfaitement impassible.

— Tu as raison. Ton « nous » est avec Evan. Evan qui devait venir ce soir, hein ? C'est la vérité ? Tu en es bien sûre ?

— Bien entendu !

— Je ne te l'ai jamais dit mais, quand tu mens, tu te grattes le lobe de l'oreille droite et…

Il s'interrompt brusquement… pour regarder derrière moi et froncer les sourcils.

— Pia ! Regarde ! s'exclame-t-il en pointant du doigt la grande cour. La moitié des installations de Marin sont éteintes. C'est bizarre, non ?

Je me retourne et fais le même constat. Étrange. Marin vérifie toujours le réglage de l'allumage et il n'y a jamais eu de couacs jusqu'à maintenant. Il s'en charge avec une attention qui frôle la dévotion. Victor me contourne et ouvre la porte.

— Marin ? Viens voir ! Il y a un souci d'éclairage.

Quelques secondes plus tard, mon beau-frère nous rejoint, légèrement affolé.

— Ce doit être un oubli, suggère Albertina d'un ton rassurant.

— Sache que, quand il s'agit de décorations de Noël, je n'oublie jamais rien, répond-il après l'avoir regardée comme si elle avait blasphémé.

Il s'approche de l'abri de jardin devant lequel se trouve l'installation électrique. Un cri horrifié retentit dans la nuit. Le sien. Puis il nous rejoint, les larmes aux yeux.

— Les câbles ont été sectionnés, annonce-t-il d'une voix tremblante. Et pas qu'un peu. En mille morceaux.

Désolée, je le regarde. Marin, son esprit rêveur et ses lubies. Qui a bien pu avoir envie d'anéantir tant de poésie ?

WhatsApp – Cabrera Dream Team

Milo, 1 h 01

Comment va Marin, @Albertina ?

Albertina, 1 h 02

Je crois qu'une nuit blanche se prépare. Il est en mode *Penseur* de Rodin et désespère que « son chef-d'œuvre ait été mutilé ». Je cite.

Pia, 1 h 02

Il povero[1]…

Milo, 1 h 03

Qui peut bien lui en vouloir ? #scènedecrime

Pia, 1 h 04

Qui peut bien NOUS en vouloir ? Il y a tellement de passage dans la cour : elle est ouverte à tout le monde. Cette personne s'attaque à nous tous. Aux Cabrera.

Milo, 1 h 05

Arrête de souffler sur les braises de la vendetta. Albertina va faire un carnage ! #parrain

Albertina, 1 h 10

Qui pourrait nous détester à ce point ? Un client mécontent du garage ?

Pia, 1 h 11

Un de tes fans, déçu que tu aies tué Harry dans la toundra dans le dernier tome de *Passion violente* ?

Milo, 1 h 12

Un psychopathe ? Peut-être qu'il est dans les buissons, là, tout de suite. #j'aipeur. Je suis tout seul : je vais me faire attaquer en premier, c'est certain.

1. Le pauvre.

Pia, 1 h 13

Moi, j'ai Juan pour me protéger. Ceci dit, il ronfle. Et j'ai le vertige sur les hauts sommets de son lit superposé.

Milo, 1 h 13

C'est pas le vertige, c'est le trop-plein d'alcool. TI ODIO ! #pirereprisedetouslestemps

Pia, 1 h 14

#jalousie

Albertina, 1 h 20

Arrêtez avec vos # immatures. Demain, on doit mener l'enquête.

Pia, 1 h 21

#quivoicivoilà

Milo, 1 h 22

#linspecteurGadget

Avant

Un tiramisu aux éclats de macaron framboise

Hier, j'ai embrassé Nelly. Nelly embrasse comme une déesse. Sans déconner. Mais je ne prévois pas de recommencer. Pourtant Nelly est parfaite : elle est belle, elle est intelligente, elle est amoureuse de moi. Son seul défaut… c'est qu'elle n'est pas Pia-Mia. Pia est magnifique mais elle ne s'en rend même pas compte, avec ses perpétuelles traces de cambouis sur les mains et ses cheveux relevés à la va-vite : comment elle fait pour être si mal coiffée et si sexy ? Pia est fine, intelligente, drôle. Elle est insupportable, caractérielle, trop compétitrice. Pia n'est pas amoureuse de moi. Il n'y a que les mecs qu'elle enlace le week-end en boîte qui lui font de l'effet. Les mecs d'une nuit. Je vais lui dire que je l'aime depuis toujours. Elle m'enverra chier, mais je m'en fous. Je lui offrirai un « nous » : son dessert préféré, mon dessert préféré. Un tiramisu aux éclats de macaron framboise. À l'école de cuisine, je suis le meil-

leur en pâtisserie. Ce sera une réussite. Je lui préparerai ce matin et je le lui apporterai… Elle comprendra. Et peut-être que le dessert, ce sera nous ?

Victor, 21 ans

Chapitre 7

Maintenant

Où une enquête qui stagne sévèrement malgré de nombreuses théories très pertinentes rencontre une drôle de conversation téléphonique. En mode inspecteur Gadget à l'eau de rose.

23 décembre, 8 heures pétantes

Le rassemblement général aux aurores a été décrété par Thaïs. Hier soir, quand elle a lancé cette idée invraisemblable, j'ai essayé de négocier une heure plus décente, mais elle a refusé net. Et puis… 1) Elle a cité Victor Hugo de manière solennelle : « Demain, dès l'aube, à l'heure où blanchit la campagne… » 2) Il y a eu cette lueur dans son regard… exaltée, légèrement inquiétante. On aurait dit la petite lapine dans *Zootopie* quand elle flaire la grosse, grosse enquête. Vraiment, j'ai tenté de tempérer les choses : après tout, il ne s'agissait que de câbles sectionnés, câbles qu'on pouvait aisément remplacer et… et je me suis tue, comme flagellée par la mine blessée de Marin et l'expression offusquée de Thaïs.

Résultat ? Nous y voilà, 8 heures du mat, gueules enfarinées, haleines tellement chargées d'alcool que, si une allumette craque non loin, c'est la flambée façon feu de camp en colonie de vacances. Juan dodeline de la tête. Aubin bâille si fort que je crois apercevoir ses amygdales. Mme Duchalet ressemble à un shar-peï. Son mari, n'en parlons pas : c'est comme si son être tout entier s'était affaissé. Victor a le cheveu en bataille, mais j'ai envie de dire que c'est habituel et qu'il est injustement sexy. Milo et Albertina sont impeccables (c'est agaçant). Quant à Marin… Œil hagard, traits froissés : il est la personnification du désespoir.

Thaïs se tient devant nous, droite comme un général. Elle se racle la gorge, inspire et commence :

— Le devoir nous appelle.

Ah oui… Carrément !

— Nous devons mener l'enquête afin de résoudre ce crime immonde qui…

— *Neeeeeew Orlean… Tou, tou, tou, touuuuu !* chantonne Milo qui, je dois bien l'admettre, maîtrise le générique des *Experts* à la perfection.

Je glousse. Thaïs nous fusille du regard. Silence. Elle poursuit.

— … Ce crime immonde qui a été commis en ces lieux, hier. Il faut se rendre à l'évidence : Gruissan est frappé par une terrible malédiction. Chaque année, à Noël, une catastrophe se produit.

— Tu veux parler de ton mec qui ne résiste pas au plaisir de se rouler dans la bûche géante des pâtissières et qui ruine leurs chances d'apparaître dans le *Guinness* ? intervient Milo.

Quel sens de l'à-propos !

Thaïs se déconcentre une seconde avant de lancer un baiser à Aubin, qui hausse les épaules, pas gêné pour un sou.

— Quoi qu'il en soit…, reprend-elle, l'air belliqueux. Nous allons élucider cette affaire !

Une remontée acide – la petite fourbe ! – se faufile dangereusement le long de mon œsophage : j'ai le sentiment d'être un dragon qui a mal digéré. *Prometto, parola di lupetto*[1] *!* Je tuerais tous les bébés de la pub Evian de mes propres mains pour un Gaviscon. Peut-être pourrais-je m'éclipser

1. Promis, juré.

pour aller en chercher un chez Albertina ? Mais au moment où j'esquisse l'ébauche d'un début de pas, et que Thaïs pose son regard de lynx sur moi, je réalise qu'elle ne lâchera rien. Elle est à fond les ballons. Oui, dans le plus pur style Rocky Balboa contre le méchant Russe. Elle a l'œil du tigre. Lèvre frémissante, sourcil déterminé. Navarro, Colombo et Derrick sont entrés en elle, ils la possèdent. Non. Je retire ce que je viens de dire : ça fait porno. Et un truc pervers avec ce vénérable trio, je ne préfère même pas y penser… Quoique… Si on cherche bien, on peut considérer que Navarro avait le regard vaguement coquin et…

Stop. Je m'égare, je délire. Ce sont les vapeurs d'alcool mélangées à l'air glacial de l'aube qui troublent mon pauvre cerveau brumeux. Je secoue la tête et croise soudain le regard de Victor, qui me contemple d'un air amusé. Je plisse les yeux pour le ratatiner sur place, mais Thaïs me déconcentre.

— Je vous ai réunis pour que nous reprenions les choses dans l'ordre. COMMENÇONS !

Sa voix est terriblement stridente. À moins que ma perception soit modifiée ? Trop d'alcool en si peu de temps ! Est-ce que, désormais, mon quotidien sera une perpétuelle gueule de bois ? Est-ce que je suis en train de basculer dans une vie autodestructrice à la Kurt Cobain ? Finirai-je comme Amy Winehouse (certes, enviable pour son chignon de folie, mais pas pour son destin tragique) ?

Hors de question ! Dès aujourd'hui, je me mets à l'eau plate. *Du robinet.* Je mènerai une existence frugale et saine, tel un ermite vivant de pommes et de neige fondue, perché au sommet de sa montagne sauvage. Coup d'œil à Victor, qui ne me regarde plus. Coup au cœur. J'ai envie de lui dire de revenir vers moi. C'est déprimant. Et pour la peine, je me permettrai un petit écart alcoolisé demain, pour le réveillon. Juste un petit, pour me remettre de mon chagrin. Il a l'air sombre, il est si beau… OK, soyons fous et extravagants : un deuxième très léger écart le 25 aussi, parce que c'est Noël.

— Monsieur et madame Duchalet, Aubin… Quand nous sommes arrivés, les lumières avaient-elles déjà été sabotées ? Vous souvenez-vous d'un détail, même infime ? Avez-vous remarqué quelque chose ?

— Je n'ai pas du tout fait attention, répond Aubin. Je n'avais d'yeux que pour toi, amour de ma vie ! Tu es si belle, dans ce manteau bleu ciel…

La bouche de Thaïs s'élargit en un sourire ultra-niais qu'elle réprime à grand renfort de grimaces, pour se concentrer sur nos hôtes.

— Nous non plus, les structures sabotées sont celles du fond de la cour, et nous allions en direction de chez Albertina, réplique Renan, qui semble s'être un peu redressé.

Thaïs plisse les paupières et se la joue géomètre d'envergure en traçant du doigt une ligne imaginaire entre ma maison et celle d'Albertina. Puis elle acquiesce.

— Oui, vous avez raison, vous étiez dos au carnage. Ma conclusion ? L'heure du crime est incertaine.

Milo applaudit avec ferveur.

— Il faut qu'ils te mutent à la Crim, Thaïs ! Tu es si perspicace !

Albertina lui met une bonne calotte sur le crâne. Victor rit de son rire grave si communicatif. Un élan de gaieté et d'espoir me traverse.

— Poursuis, *gattina*[1] ! dit Albertina alors que Milo sourit douloureusement.

— Maintenant, le MÉFAIT ! lance-t-elle, avant de se pencher, d'attraper les câbles sectionnés et de nous les secouer sous le nez aussi énergiquement qu'une pom-pom girl sous Dragibus. Je te laisse la parole, Marin.

Mon beau-frère étouffe un sanglot. Albertina lui tapote affectueusement le bras.

— Ces câbles ne se trouvent qu'à Montpellier, en plus. Bref. Trois structures ont été touchées, explique-t-il d'un ton sombre. La mère Noël, un jeune lutin qui la tient par la main et le Père Noël, assis à sa table, qui les contemple d'un air si doux…

La voix de Marin s'éteint. Trop d'émotion. Et moi, trop

1. Chaton.

de nausée. Mon Dieu, filez-moi un Doliprane. Trois cafés. Une poignée de Guronzan. Beaucoup de drogue. Un litre de mojito. De la taurine et du Red Bull sous perfusion. Quelque chose qui me remette sur pied, n'importe quoi ! Et…

— Et maintenant, place aux SUSPECTS ! annonce Thaïs, toute guillerette, avant de nous scruter un à un.

— Mais enfin ! On n'est pas dans le « Koh-Lanta » de la déco de Noël, là ! s'écrie Milo. Il n'y a pas de traîtres ici ! Tu sais bien qu'aucun d'entre nous n'a pu faire un coup pareil.

— Moi, j'ai ma théorie : je suis certaine que quelqu'un est jaloux de notre formidable dynastie, lance Albertina en croisant les bras d'un air buté.

— Albertina, elle, c'est un autre univers : là, on est plus dans un remix de « Dallas, ton univers impitoyable » ! ne puis-je m'empêcher de commenter.

— En même temps, elle est vachement en phase avec l'actu du moment : il y a le reboot qui passe sur Netflix, intervient Juan, qui n'a pas levé le nez de son téléphone une seule fois depuis le début de cette Grande Enquête de Terrain.

Je glousse bêtement. Milo glousse bêtement, ce qui me fait encore plus glousser bêtement. Victor glousse bêtement, ce qui me stoppe net. Œillade assassine de ma part, haussement d'épaules et large sourire de la sienne. J'avais presque oublié à quel point ses dents sont blanches et parfaitement alignées. Il aurait pu faire carrière chez Colgate. Mais je le préfère cuisinier et entraîneur, ça a un côté sexy qu'on ne trouve pas chez le mannequin des dents et… Et je m'égare.

— Moi, je pense que c'est un concurrent, avance Marin, le front plissé de contrariété. M. Bichou s'est mis à décorer sa maison, l'an dernier. Et j'ai remarqué qu'il a adopté la même configuration que moi, concernant le placement des rennes dans la grande vallée du pôle Nord… Comme par hasard !

— Mais un concurrent de quoi ? Il n'y a aucun enjeu ! remarque Milo.

— Pas d'enjeu ? rugit Marin, si fort que l'assemblée sursaute. Tu plaisantes, j'espère ? Pas d'enjeu ! Avoir le plus beau jardin de Noël, voir les gens s'y presser pour l'admirer, illuminer leur existence, la changer à jamais…

Caspita[1] ! Soudain je réalise que, entre la passion et la folie furieuse, la frontière est très mince. Genre papier toilette premier prix hyper fin. Milo pense pareil. Il articule à mon adresse, silencieusement : #taré.

— La dernière fois, il y avait une promo de Noël chez Gifi des idées de génie. On était au même rayon et j'ai attrapé l'ultime marmotte lumineuse juste avant lui. Peut-être qu'il ne l'a pas supporté ? suppose Marin, sur sa lancée paranoïaque.

— M. Bichou ? intervient Aubin. Le vénérable papi qui habite en bas ? Arrête !

— Vous vous prenez vraiment la tête. Moi, je pense que ce sont seulement des jeunes cons qui se faisaient chier, propose Juan, qui semble au bout du rouleau de la bêtise des adultes.

Thaïs n'est pas convaincue, je le vois. *Merda*… on va y passer la journée. Mon crâne ! Il pulse comme s'il allait imploser. Et puis… soudain, d'un coup d'un seul, juste comme ça : illumination suprême. La lumière vient de s'allumer à tous les étages. Mon intelligence, quelque peu imbibée, redore son blason.

— ATTENDEZ !

Oups, j'ai crié. Victor étouffe un rire, mais je l'ignore.

— Je crois que c'est *moi* qui suis visée par cet acte de malveillance ! Tout le monde en ville sait que je suis rentrée. Quelqu'un cherche à se venger !

Focus sur moi.

— *Toi* ? À qui tu penses ? demande Thaïs qui ouvre de grands yeux… avant de hocher la tête d'un air entendu. Mais bien sûr ! Jérémie ! Il ne t'a jamais pardonné de lui avoir brisé le cœur « à coups de latte », comme il dit si poétiquement.

Victor souffle bruyamment… mais quand je me tourne vers lui, son visage est impassible.

1. Mon Dieu.

— Mais non ! C'est évident ! s'écrie Milo. C'est M. Limai. Quand il a crevé son pneu quelques heures après que Pia le lui avait changé et qu'il a exigé qu'elle le rembourse, elle a failli lui enfoncer son cric dans le pif !

— Impossible ! clame Albertina. C'est…

Mama mia ! Tout le monde a quelqu'un en tête ! Suis-je si monstrueuse ? Une très légère vague de honte me submerge. Vraiment très légère. Non parce que, clairement, M. Limai a voulu me couillonner. Et ce Jérémie : il était homophobe, il le méritait.

— Vous n'y êtes pas ! Il s'agit de NELLY ! annoncé-je avec emphase.

— N'importe quoi ! grogne Victor, agacé.

Mon sang ne fait qu'un tour. La jalousie revient au grand galop. Je la connais bien : elle m'a dévorée lorsque Victor et elle étaient ensemble. Elle me consumait quand je les croisais, main dans la main, et quand je la voyais rire en le regardant.

— Bien sûr, c'était prévisible… Tu la défends, ne puis-je m'empêcher de dire.

— Absolument pas, proteste-t-il. Tu as toujours eu une imagination débordante, mais là tu vas trop loin, Pia ! C'est juste que je ne l'imagine pas venir ici en pleine nuit, équipée d'une scie, pour sectionner les câbles des décorations de Marin dans le but de te faire chier, *toi*.

Pourquoi appuie-t-il sur ce « toi » comme ça ? Bien sûr, encore une fois, Nelly a le beau rôle… Elle est si élégante, si parfaite, si… *égorgeable* ! La colère me saisit. Mais je me contiens. Moi aussi, je suis capable de dignité. Je me maîtriserai. Je serai digne, oui. Digne… et fourbe.

— Tiens, tiens, tu parles de scie… Étrange que tu nommes l'arme du crime ? dis-je d'un ton fielleux. Serais-tu impliqué ? Qu'en pensez-vous, tout le monde ? Suspect, non ?

Victor hausse un sourcil moqueur.

— J'avoue tout ! clame-t-il avec une insupportable ironie.

Mon frère esquisse une grimace désolée dans ma direction, alors que les autres innocentent cet imbécile de Victor.

— De toute façon, si vous aviez vu Nelly, ce matin,

sur son stand, en train de me snober d'un air féroce, vous auriez conscience que…

— Elle ne ferait pas ça, point, tranche Victor d'un ton sévère.

— Tu la connais si bien…, soufflé-je avec amertume. Mieux que quiconque.

— Non, c'était toi que je connaissais mieux que quiconque, rétorque-t-il d'une voix sonore. Avant.

Mon cœur bat la chamade. Il me provoque.

— Ça a bien changé parce que…

— Ça suffit ! nous interrompt Thaïs. On n'a pas le temps pour vos enfantillages ! Je veux que tout le monde se répartisse par groupes de deux avant de parcourir la propriété à la recherche d'indices.

— Ce ne serait pas plus simple de racheter des câbles et de passer à autre chose ? suggère Joce Duchalet d'une voix timide.

Comme un seul homme, nous nous tournons vers elle.

— D'accord, d'accord ! murmure-t-elle, légèrement effrayée. Je retire ce que je viens de dire.

Je lui souris puis rejoins Milo, mon binôme, quand Victor me barre le chemin.

— On fait équipe, toi et moi, dit-il d'un ton sans appel, avant de me prendre par le bras pour m'entraîner plus loin.

— Ça devient une habitude, de m'empoigner comme une gamine ?

Nous nous dirigeons vers l'allée centrale, qui est recouverte de verglas. Victor marche d'un pas tonique. À chacune de nos respirations, un petit nuage de vapeur s'échappe de nos narines. J'ai froid. J'ai la nausée. J'ai mal, rien qu'à sentir le contact de sa peau toujours chaude contre la mienne.

— Tu crois vraiment que Nelly a fait ça ? me demande-t-il enfin après s'être arrêté net pour se placer face à moi.

— Je ne sais pas, avoué-je en baissant la tête.

Si, je sais, mais je ne veux pas l'admettre. Nelly est au-dessus de ça. Moi, j'aurais pu faire un truc pareil… mais elle… c'est inimaginable. Je lève le menton pour affronter le regard de Victor : il est redevenu doux, caressant. Alors qu'il me fixe avec attention, je me laisse aller à contempler les pépites dans ses yeux. Et tout me revient. La souffrance de l'avoir perdu me broie, exactement comme le jour où tout a basculé.

Après notre dispute, à la plage, il a invité Nelly. Ils ont passé la soirée ensemble. Mille fois, j'ai voulu l'appeler… Mille fois. Mais je n'ai pas osé. La semaine suivante, ils étaient en couple. J'ai eu mal comme jamais, pire que si j'étais un vampire et qu'on s'amusait à enfoncer quarante-six pieux dans mon pauvre cœur. Mais j'ai fait bonne figure. À ma façon. Je n'ai rien dit, me contentant d'aller m'abrutir d'alcool en boîte de nuit, de me noyer dans d'autres bras, pour l'oublier. Combien de mecs j'ai embrassés en essayant de croire que c'était lui. J'ai tenté de me raisonner et de passer à autre chose : il n'avait aucun sentiment pour moi.

Grâce à Milo, nous nous sommes revus et plus ou moins réconciliés. Mais le fait qu'il soit avec elle changeait tout. Je sentais sa présence. Jamais il n'y avait eu de malaise entre nous. Et là… Tout me donnait l'impression que notre amitié était foutue. Plus de fous rires. Plus de « je complète ta phrase et tu complètes la mienne ». Une ligne invisible, une gêne étrange. Il m'a moins appelée. Il y a eu ce jour où je l'ai croisé avec Nelly, sur le port. Je tentais vaguement de me mettre au running, histoire de me défouler (j'ai vite réalisé que c'était juste de la souffrance). Ils se promenaient. Il avait passé son bras autour de ses épaules. Ils étaient l'un contre l'autre. Elle m'a vue. Moi, en sueur, queue-de-cheval, avachie, soufflant comme un buffle. Elle, majestueuse, chignon impeccable, riant très légèrement. Je suis certaine qu'il m'a aperçue, lui aussi. Mais il a fait mine de rien. J'ai continué à courir comme si de rien n'était. En pleurant, en m'étouffant. Il m'a brisée. Et pourtant, ce n'est pas cette fois-là que j'ai réussi à tirer un trait sur lui… À cette pensée, la colère et la rancœur me saisissent à nouveau. Je me redresse et lui jette un regard froid. Ses traits se durcissent.

— On doit chercher des indices.

Je tente de le dépasser, mais il m'attrape par les épaules.

— Pia-Mia, j'aimerais qu'on discute, dit-il en me dévisageant si intensément que j'en ai la gorge serrée.

— Et moi, je voudrais chercher des indices, dis-je en me débattant…

En me débattant tant et si fort que je perds l'équilibre. Mon pied droit vrille et mon réflexe pour me redresser se transforme en une chute lamentable. Mon Dieu, c'est comme dans les films d'action : le sol se rapproche au ralenti, ralenti, ralenti, alors qu'une pensée étrangement pertinente me traverse : si je me pète le nez et que je veux le faire refaire, ma mutuelle me remboursera-t-elle ? Je ne sais pas si…

Soudain, le visage de Victor apparaît, au lieu du sol. Et voilà que je me fracasse… contre son front.

— AÏE ! nous écrions-nous à l'unisson.

Je suis allongée sur lui. Je sens son haleine (menthe et café), je vois chaque grain de sa peau, sa bouche pulpeuse, ses cils interminables… et sa grimace douloureuse. Enfin, pas autant que la mienne, à mon avis !

— Mais tu es fou, tu m'as fait mal !

— Pia, tu es sérieuse, là ? Je me suis quand même jeté sous toi pour t'éviter de percuter le sol, au péril de mon front ! proteste-t-il, ses bras autour de moi.

Ses bras… Je hume son odeur. Son parfum. C'est bon comme du pain tout chaud. Puis le silence nous enveloppe. Nous échangeons un regard… avant qu'un cri retentisse et nous fasse sursauter.

— J'ai trouvé quelque chose !

Victor détourne les yeux, je me racle la gorge et me redresse péniblement, sûre et certaine qu'il me fera toujours, pour toujours, exactement le même effet. Frisson. Amour fou. Fragilité.

Nous nous relevons. Nos membres se démêlent. J'ai le sentiment d'avoir son parfum sur la peau, la saveur de son souffle sur ma gorge. Nous nous regardons un instant, et j'ai envie de tout lui dire.

J'ai envie de lui raconter à quel point j'ai souffert de ne jamais oser lui avouer mes sentiments, que je trouve ça stupide, que je regrette. Après tout, si je lui avais dit, peut-être, sûrement même, qu'il m'aurait dit qu'il ne me considérait que comme une amie, mais au moins je me serais délestée de ce poids. Celui d'aimer sans rien dire. Je pourrais lui confier que, si je me blottissais dans d'autres bras, c'était pour l'oublier. Lui dire que, quand il s'est mis en couple avec Nelly, j'ai cru ne jamais m'en remettre, que je ne m'en suis jamais remise, d'ailleurs. Surtout quand elle est venue me dire toutes ces choses… Mais je m'abstiens, parce qu'il coule un regard en direction de la cour.

— On y va ? propose-t-il.

Et nous remontons l'allée en silence.

Renan, le crieur d'indice, et Joce se tiennent sous l'olivier, l'air tous les deux fiers et victorieux. Ils sont entourés de Marin, Thaïs, Aubin et Juan. Ça sent le dénouement. Allons-nous résoudre cette grande affaire en un temps record ? Si oui, je jure que je nous inscris tous pour un Escape Game de folie : on explosera tous les records. Renan fait palpiter ses sourcils et prend l'air mystérieux : Harry Houdini, sors de ce corps. Il fouille dans sa poche et en extrait… J'en suis presque à attendre un lapin rose, mais non. Il s'agit d'une enveloppe sur laquelle est dessiné un rond bleu. Il la brandit.

— J'ai trouvé ceci, caché sous un tas de branchages, derrière le pin juste là !

Je sais tout de suite de quoi il s'agit.

— Non, c'est…, tenté-je d'intervenir.

Mais il faut croire que le feu sacré de l'enquêteur brûle en lui puisqu'il poursuit sans me prêter la moindre attention :

— Il est écrit : « Un petit singe qui se cache les yeux, un violon marron, et nous plus que tout dans la pénombre. »

— Pénombre ! clame Joce d'un air entendu. L'auteur de ce mot est le coupable ! Par contre, on ne comprend pas vraiment ce qu'un singe et un instrument de musique viennent faire là-dedans !

— Vous n'y êtes pas ! Ce sont les mots d'Albertina ! dit Marin, avant de s'avancer pour reprendre le carton des mains de Renan et le humer tendrement.

— Les mots d'Albertina ? répète Renan, confus.

— C'est une tradition chez nous : chaque année, Albertina cache des petits mots d'amour à notre attention dans le jardin. Elle attribue à chacun une couleur, qui apparaît sur l'enveloppe, et le 24, on les cherche dans le jardin.

— Celui-là était pour moi, dit Marin avec un sourire lumineux.

— On se demande pourquoi le singe se cache les yeux ! C'est dégueu ! s'exclame Juan.

— Bah, le violon donne un aspect romantique à cette allusion ouvertement sexuelle, non ? le corrigé-je.

— C'est entre nous ! rétorque Marin en rougissant alors que Juan fait semblant de vomir. Je vous rappelle que les mots qu'offre Albertina sont privés.

— D'ailleurs, où est-elle ? demandé-je avant de scruter la cour.

Le regard de Victor pèse sur moi, me trouble, me donne chaud, me donne envie de pleurer et de rire.

— Je vais la chercher, murmuré-je, troublée.

Je m'éloigne d'un pas rapide et contourne le garage pour rejoindre la grande terrasse qui donne sur la Clape. Je longe le mur, passe le coin et tombe sur Albertina, au téléphone. Elle est accoudée à la balustrade, de trois quarts, et ne m'a pas vue. Je m'approche, mais le rose sur ses joues et son sourire fou m'arrêtent net. Elle n'est pas comme d'habitude. Elle est comme transportée.

— Oui, Marin va aller acheter de nouveaux câbles…, dit-elle. Donc pour notre rendez-vous… Oui… Être discrets…

Les battements de mon cœur s'accélèrent. Je me sens gênée et perturbée d'avoir assisté à ça. Je recule de quelques pas et fais volte-face pour regagner la cour. Albertina… Qu'est-ce qui se passe ? Ça ne tourne pas rond. Aurait-elle un amant ? Impossible : Marin et elle ont l'air tellement amoureux, tellement unis… Mais ça ne veut rien dire. Il y a des couples qui fonctionnent très bien en apparence et… Et cette allusion aux câbles. Ce ne serait quand même pas elle, la coupable ? D'un coup d'un seul, comme une infernale mécanique, je comprends : Albertina a un amant. Pour le retrouver, il fallait éloigner Marin, l'occuper et donc le pousser à aller récupérer des câbles spéciaux à Montpellier. Le temps de l'aller-retour, elle a largement le temps de se triple-envoyer en l'air avec son amant. Oh non… Non, non, non ! Ils vont finir par se séparer. Et Juan dans tout ça ? Il va souffrir… Juan considère Marin comme son père. Fabrice, son père biologique – un raté, un minable, un sale con, brûlons-le vif, étouffons-le avec un entonnoir rempli de bile – ne vient que de temps à autre, juste pour un après-midi. Au départ, Juan était avide de ces miettes, mais il a fini par comprendre qu'il ne pourrait jamais compter sur lui. Marin s'est tant occupé de lui, il est si doux et aimant, que Juan l'a vite considéré comme son véritable père.

Marin et Albertina… S'ils se séparent, j'ai bien raison de ne plus croire en l'amour… Et un voile de tristesse me recouvre tout entière.

WhatsApp – Cabrera Dream Team

Milo, 8 h 45

Ce barrage que Victor a fait entre toi et moi pour me voler mon binôme ! La muraille de Chine personnifiée ! Cet homme te veut, *tesoro* !

Milo, 8 h 46

Je crois que je vais vous suivre pour vous espionner.

Milo, 8 h 48

Ceci dit, c'est un peu malsain, non ? Tu sais, ça fait frère psychopathe, comme la sœur de Whitney Houston dans *Bodyguard*… On se rend compte à la fin que c'est une psychopathe en puissance.

Milo, 8 h 48

Et voilà, j'ai la chanson déchirante dans la tête !

Milo, 9 h

And Iiiiiiiiii will always love youuuuuuuuuuuuu youhou-houhouhou, Iiiiiiiiii will always looooove youuuuuuuu uuuuuuuu ! ! ! ! ! ! ! ! Mon Dieu, il faut définitivement que je la rajoute dans la playlist karaoké. Je ferais carton plein avec ça.

Albertina, 9 h 02

Milo, arrête de t'amuser et CHERCHE DES INDICES.

Avant

Une barbe à papa goût fraise, très gonflée, comme un nuage, et particulièrement collante

Moi, ce que j'aime chez Pia, en plus de tout ce que j'aime chez Pia-Mia, c'est son goût pour la mécanique. Son grand-père m'a tout raconté. Quand il est arrivé en France, il s'est installé à Gruissan et a monté sa propre affaire : le garage Cabrera. Il affirmait que seul un bel Italien au sang chaud pouvait bichonner les voitures avec tant d'amour. Le père de Pia avait ça en lui aussi. Et ces deux hommes ont vu débarquer Pia à l'atelier, la mine décidée, le sourcil froncé. Elle a mis les mains sur les hanches et leur a demandé de lui apprendre. Alphonzo, son grand-père, a dit d'accord. Et il lui a confié tous ses secrets. Pia-Mia a passé ses fins d'après-midi et ses week-ends dans ce garage, entre les pneus, les pots d'échappement et les crics. Elle s'est formée au métier et a repris l'affaire avec le même soin et la même passion que son grand-père. J'aime son amour de la mécanique. Je l'accompagne à tous les shows Monster Truck de la région, l'été. Moi, je trouve ces engins qui se roulent dessus grotesques. Mais j'aime la voir aimer ça. J'aime comme elle s'enflamme, comme ses yeux brillent. Pia-Mia est tout pour moi. Et moi je suis son ami. Celui avec qui elle partage une barbe à papa pendant l'entracte. Celui sur la joue de qui elle pose ses doigts collants, juste pour rire. Je garde la sensation du sucre au goût de fraise sur ma peau. Pia-Mia est ma barbe à papa.

Victor, 16 ans

Chapitre 8

Maintenant

Où un feu d'artifice côtoie un ongle vengeur très manucuré. Pour l'amour du risque.

Chaque année, le soir du 23 décembre, à Gruissan, il y a un feu d'artifice. Comme au 14 juillet, il est tiré au bord de l'étang, depuis le petit chemin de terre qui traverse l'eau. À 21 heures, tout le monde se réunit pour admirer, dire « OOOH ! » et « AAAH ! » et applaudir. Ensuite, on boit du vin chaud, on mange une tonne d'huîtres et quantité de churros dans le grand parc, sous les pins. Il y a plein de gens, du brouhaha, l'odeur de l'alcool, des épices et de l'huile de friture. Pour moi, Noël c'est ça. Et à chaque fois, j'ai le cœur qui bat très fort. Presque aussi fort que lorsque je sens l'effluve de CK One… Le parfum que Victor et moi portions quand nous étions au lycée. Je sentais son odeur sur moi, il sentait la mienne sur lui. J'ai toujours assisté aux feux du 23 avec Milo, Victor et Thaïs. Puis juste Victor et moi, tous les deux, jusqu'à l'an dernier, où pour la première fois il n'était pas à mes côtés. J'étais avec Evan, et je sortais à peine de ma grande dispute avec Victor, celle qui a mis fin à notre histoire, celle après laquelle nous ne nous sommes plus parlé. Cette année, il y a encore du changement puisque je suis seule : Milo était désolé de ne pas pouvoir m'accompagner, mais il doit bosser sur le compte Insta de

Nana Mouskouri. Albertina, qui a toujours détesté les feux d'artifice (ils la font sursauter), a décliné mon invitation. J'ai un peu insisté, mais j'ai saisi que son refus serait définitif lorsque je lui ai annoncé qu'on se rendrait au centre-ville avec le scooter de Milo : elle a reculé de trois pas d'un air horrifié. Elle hait la façon dont je slalome artistiquement entre les voitures et me surnomme le pirate de la route. Jamais compris pourquoi. Thaïs m'a aussi fait faux bond, elle travaille, et quand j'ai voulu me rabattre sur Juan, il s'est avéré qu'il avait déjà filé retrouver ses copains.

#solitudeabsolue #Calimeroengoguette

Je me suis donc résignée à une petite sortie solo… Et me voilà près du vieux pont jaune, à ma place habituelle. Il n'y a personne : nous sommes à deux kilomètres du parc, où les gens préfèrent s'installer. Ici, il fait nuit noire, et on entend le clapotis de l'étang. C'est mon endroit favori, parce que Victor et moi y avons eu mille fous rires. C'est ici que nous avons fumé, où nous nous sommes battus pour de faux, où nous nous sommes offert mille petits cadeaux : des Kinder, des cocottes en papier, des dessins. Ici où nous nous sommes confié des secrets, où nous avons regardé les étoiles. C'est ici que j'ai appris que sa maman pleurait souvent, que son papa partait et revenait sans cesse, c'est là qu'il s'est ouvert à moi pour de bon. Je connais les défauts de ce pont par cœur : je sais où la peinture s'écaille, où les planches en bois grincent quand on pose le pied dessus. C'est notre endroit. Ça l'était. M'efforçant de repousser la tristesse qui se niche dans ma gorge, je gare le scooter de Milo, enlève mon casque, secoue ma chevelure comme une motarde sexy, réalise que le volume l'a désertée définitivement, contrairement à une motarde sexy, et fais quelques pas pour me réchauffer. Le vent est glacial et, comme à chaque fois, j'ai oublié mon écharpe (une habitude depuis toujours). Je remonte le col de mon manteau quand mon téléphone vibre. Un texto. Tiens donc ! Connard des hauts sommets ! Chef suprême de la confrérie des crétins ! Grand Gourou des débiles de tout l'univers intergalactique… Evan.

AbsoluteGrosCon.

Salut Pi ! Je reviens vers toi après avoir laissé passer quelques jours pour digérer ce que tu m'as fait…

« Ce que tu m'as fait » ? Aurait-il le mauvais goût de se croire le 1er avril ? ! Il plaisante, là ! Mon sang ne fait qu'un tour, et je tapote si furieusement sur l'écran de mon téléphone que j'ai l'impression qu'il va prendre vie juste pour me hurler d'arrêter.

Ce que J'AI fait ? Tu veux dire pour digérer ce que TU as fait. Je te rafraîchis la mémoire, au cas où tu sois amnésique en plus d'être abruti : tu m'as allègrement trompée avec ta pompière.

1) Le mot « pompière » n'existe pas. 2) Est-ce que je méritais que tu te venges en mettant du liquide vaisselle dans le produit pour mes lentilles ? Je t'écris en direct de l'hôpital, je te signale.

1) Si, depuis belle lurette. Comme professeure. Autrice. Et Cie. 2) Tu es borgne désormais ?

1) Pompière, c'est laid. 2) Non, mais mon œil est encore extrêmement rouge et gonflé. Le médecin dit que j'ai perdu un dixième de ma faculté oculaire. Et je vais devoir porter un cache-œil comme le capitaine Crochet. Pendant un mois. Merci, hein.

1) Rien à cirer. C'est la parité. 2) Le châtiment est à la hauteur de ta trahison, espèce de gland.

En parlant de ça : des quéquettes sur les murs ? Sérieusement ?

Oui, et tu as vu, des petites, comme la tienne.

C'est bas.

Comme ton intellect. Et ton sex-appeal.

Tu n'étais pas de cet avis quand je rentrais en tenue de pompier et que tu frétillais rien qu'en me regardant.

Mon Dieu, que cet homme est insupportable ! Il faut couper net, comme une tranche de saucisson. Stopper tout de suite, sinon on n'en finira plus. J'enfouis le téléphone dans ma poche, bien décidée à ne pas entrer dans la spirale infernale du dernier mot, mais il vibre… et je ne peux m'empêcher d'y jeter un œil.

Écoute, je me rends compte que j'ai fait une erreur en te trompant. Est-ce que tu veux bien me pardonner ? Je t'aime.

La bonne blague ! Décidément, Evan est le fils spirituel de Toto et de Florence Foresti ! Lui pardonner… Je ne l'aime pas, je ne l'aime plus depuis longtemps. Je ne l'ai jamais aimé pour de bon. Il y a eu la passion, oui. Mais je l'ai suivi loin d'ici pour de mauvaises raisons. Parce que Victor… Stop. Ne pas songer à Victor. Mais à l'infidélité d'Evan, ce trouduc. Bien sûr que non, je ne lui pardonnerai pas et je ne me réconcilierai pas avec lui. Très bientôt, j'aurai même oublié tout ça.

Soudain, je pense à Albertina… A-t-elle vraiment une aventure ? Qui pourrait bien lui avoir volé son cœur ? Qui la fait rougir à ce point ? Est-ce que Marin lui pardonnera, s'il l'apprend ? Est-ce qu'elle le quittera ? J'ai mal rien que de les imaginer séparés. Est-ce que je devrais en parler avec ma sœur ? Aborder le sujet ? Peut-être tout dire à Milo ? Il ferait preuve de sa délicatesse légendaire. « Alors sœurette, on se tape des parties de jambes en l'air à tout va ? » Hors de question !

Après tout, ça ne me regarde pas. Revenons à Evan. Je vais quand même lui répondre, histoire de lui opposer un non ferme et définitif, avec un poil de condescendance. Ou de violence ? J'en suis à tergiverser quand je suis tirée de ma réflexion par un rire. *Le* rire. Ce rire si particulier, qui m'écorche les tympans… parce que trop mélodieux, trop cristallin, trop parfait, trop… *nellyen*. Incroyable ! Il ne manquait plus qu'elle pour que ma vie soit une accumulation sordide de loses ! C'est le pompon. Et pas un minus, hein ! Non, un gros pompon de pom-pom girl surexcitée. Je plisse les yeux et scrute l'obscurité. Elle est là, c'est bien elle qui se pointe de sa petite démarche de gazelle sautillante, accompagnée de son meilleur ami, David. Qu'est-ce qu'elle fabrique dans le coin ? Elle ne vient jamais ici ! C'est une certitude : le destin me l'amène pour me pourrir la vie. Le sort s'acharne. Et si je m'éclipsais ? Peut-être qu'elle ne me verrait pas ? Je me laisse glisser et retombe lourdement sur le plancher du pont. Tout va bien : ils ne m'ont pas encore aperçue. J'esquisse un pas vers le scooter, hésite... et m'interromps.

Après tout, je n'ai pas à fuir. J'étais là avant. C'est MON coin. Le mien ! Je me retourne comme un vrai cow-boy prêt à affronter la mort. J'entends presque le petit sifflement typique d'un duel. Je sens déjà les odeurs du saloon. Lucky Luke a pris possession de mon corps lorsque le face-à-face commence. Ils s'arrêtent net. David, interloqué, regarde Nelly qui, pas le moins du monde interloquée, me regarde, les paupières plissées. C'est la spécialité de Nelly, ça : elle abandonne sa bonhomie quand elle n'est pas en public. On peut voir une grosse veine palpiter sur son front, parfois. C'est un peu effrayant. Mais je ne m'aplatirai pas devant elle, même si ce combat doit me coûter la vie.

— Ah, tiens ! Tu es... là ! dit-elle d'un ton aussi écœuré que si j'étais une crotte fumante criblée de mouches.

— Salut ! lance David, l'air gêné.

— Salut, répliqué-je en ne détournant pas les yeux de mon infâme ennemie.

Elle ne me lâche pas du regard non plus. Un peu comme Harry contre Voldemort, lors du combat final, quand ils se matent non-stop avec leurs baguettes braquées. Je lui ferais bien un petit *Rictusempra*, tiens. Est-ce que j'irais jusqu'au *Avada Kedavra* ?

— Ah ! Je me demandais quand on se recroiserait, attaque-t-elle d'un ton méprisant.

— De mon côté, je ne me posais pas de questions. J'avoue que généralement je ne pense pas à toi.

Ben fatto[1] *!* Ouh, très bien, ça ! Détaché, hautain, top ! 20/20, Pia ! Je peine à maîtriser le sourire triomphant qui se dessine sur mes lèvres, alors que David se risque à commenter la scène en levant les yeux au ciel :

— Je le sens mal !

— Tu n'as pas à t'inquiéter, David, dit Nelly. Pia et moi sommes civilisées. Bon, OK, la dernière fois qu'elle m'a vue avant de partir pour Marseille, elle m'a agressée, mais enfin… la pauvre ne se contrôle pas, c'est bien connu.

Et si je lui donnais raison en lui fonçant dessus avec la puissance de Bip Bip face à Vil Coyote ?

— Je ne t'ai pas agressée, dis-je d'un ton calme (même si ma voix commence à flirter avec les aigus).

— Techniquement, tu as brandi une clé à molette dans ma direction.

— Techniquement, ce n'était pas une clé à molette, mais une clé à…

— On s'en contrefiche, c'est pareil.

— C'est un sacrilège de confondre une clé à molette et…

Mais je m'interromps, ce n'est pas le sujet. Ne pas se laisser déconcentrer ni perturber…

— Ce qui est un sacrilège, c'est d'agresser une cliente qui…

— Une cliente qui était venue pour me faire chier ! dis-je d'une voix forte, en abandonnant tout détachement.

— Et c'est parti ! commente David d'un ton geignard.

— J'ai seulement voulu récupérer ma voiture à la date prévue.

Sa réplique est ponctuée d'un sifflement sonore, suivi d'une explosion. Le premier feu d'artifice est tiré. Mais pour la première fois de toute ma vie, je m'en contrefous. Tout ce qui m'intéresse, c'est de ratatiner cette…

— Regardez la belle bleue ! s'écrie David dans un effort louable pour changer de sujet.

— On t'avait envoyé un texto pour te prévenir qu'il y avait du retard ! dis-je, outrée par tant de mauvaise foi.

1. Bien joué.

— Et cette verte ! Ils ont mis le paquet cette année ! Waouh, les filles, contemplez ce spectacle ! s'acharne le pauvre David.

— Je ne l'ai pas eu, ce message, persifle Nelly.

Psssshit ! Le ciel s'illumine et éclaire au passage le rictus féroce de Nelly : le reflet bleuté la fait furieusement ressembler à l'une des hyènes, dans *Le Roi Lion*. La plus perverse, bien sûr. Celle qui veut bouffer Simba à tout prix. Je suis Simba. Et je me dresserai contre l'adversité.

— Cette année, ils n'ont pas lésiné sur le budget ! s'exclame David d'une voix tremblante.

Il nous lâche la grappe avec son feu d'artifice à la con !

— Tu mens ! m'écrié-je à l'adresse de Nelly. Tu as eu ce message. Tu as toujours ton téléphone greffé à toi ! La preuve : tu l'as en main, là, tout de suite !

— C'était pour immortaliser le feu d'artifice.

— Feu d'artifice qui est en train d'être tiré et que vous ne suivez pas ! intervient notre empêcheur de tourner en rond.

— C'est vrai, regarde-le, Nelly ! Et prends des photos ! lancé-je d'un ton que j'espère insupportablement sarcastique.

— Toi aussi, Pia !

— C'est ce que je fais !

— Pareil pour moi !

Sauf qu'en disant cela, au lieu de scruter le ciel, on se rapproche l'une de l'autre… Encore et encore. Si près que je pourrais voir le moindre poil de nez dans ses narines si elle ne se les épilait pas si bien. Ou la plus petite patte d'oie, si sa peau parfaite en était zébrée.

Quand je me retrouve à quelques centimètres d'elle, je dois refréner des pulsions dignes d'Hannibal Lecter. Ne pas croquer son menton. Ne pas s'emporter. Inspirer, expirer et visualiser la mer turquoise, dirait Maître Zen. Mais c'est dingue… tout me revient en tête. Et sans que je puisse y faire quoi que ce soit, les souvenirs m'assaillent et se succèdent avec une folle rapidité.

Ça faisait six mois qu'elle était avec Victor. Six mois que j'avais le cœur brisé et que je faisais semblant d'aller bien. Je venais de rencontrer Evan, qui était en vacances chez des amis, à Narbonne. En faisant un tour à Gruissan, il est tombé en rade. Je l'ai dépanné. Il m'a outrageusement draguée en me disant que je ressemblais à la fille dans *Flashdance*. Et boum ! Je n'ai compté que jusqu'à deux avant de succomber : 1) Un mec qui connaissait *Flashdance* : *what a feeeeeeeeling !* Ça m'a fait un effet incroyable, même s'il était évident qu'il n'avait pas approfondi son sujet vu qu'il confondait soudeuse et mécano. 2) L'héroïne est canon, donc il me trouvait canon ; moi aussi je le trouvais canon avec son corps plein de muscles rebondis, ses cheveux coupés très court et ses yeux noirs. On est allés boire un verre, on s'est embrassés. Une amourette torride est née. Je ne songeais qu'à Victor, mais Evan me changeait les idées : il était drôle, pas prise de tête, son accent marseillais était sexy, et on n'avait aucun passé en commun, aucune amitié qui durait depuis l'enfance, aucun sentiment caché et jamais révélé, aucun « je t'aime » qui brûle la langue. On s'éclatait. Et puis, Nelly, qui avait laissé sa Suzuki au garage pour la révision des 75 000 kilomètres, est venue me faire chier. Elle a prétendu ne pas avoir eu le message qui précisait que nous étions en retard. OK, je l'avoue, je ne lui ai pas répondu très cordialement et, je ne sais comment ni pourquoi, le sujet a dévié sur Victor. Elle m'a lancé que si ça avait été la voiture de Victor je me serais bougée, bien plus que pour elle. D'ailleurs, je prenais sûrement un malin plaisir à la faire poireauter ? Et de toute façon, elle n'ignorait pas que j'étais amoureuse de Victor depuis toujours : c'était tellement évident. Sauf que lui ne m'aimait pas, hein, il fallait que j'en aie bien conscience. Il ne m'avait jamais aimée, même quand il me tenait compagnie les veilles de Noël au téléphone, même quand il m'accompagnait aux shows Monster Truck dont j'étais fan, même quand il m'avait affirmé qu'il adorait venir chez ma grand-mère pour faire d'interminables grilles de mots fléchés. Tout ça, il ne le pensait pas, il le faisait par obligation. Il avait tout raconté à Nelly et ils avaient bien ri. Il fallait vraiment, vraiment que je passe à autre chose.

J'ai eu le souffle coupé quand elle m'a dit toutes ces

choses. Puis, mon cœur s'est décroché et le goût amer de la trahison m'a empli la bouche. Victor lui avait parlé de nous. Nos petits riens, nos habitudes, ce qui faisait qu'entre nous c'était singulier et magique. Enfin… pour moi, visiblement. Il lui avait raconté la nuit de Noël, la plus belle de toutes quand il était à mes côtés.

Quand sa tirade a été terminée, elle a souri. Ça a été comme une gifle. En guise de conclusion, elle m'a tout simplement demandé quand elle pourrait récupérer sa voiture. C'est là que j'ai légèrement brandi la clé à ouverture fixe (et non à molette) en avançant d'un pas vers elle. Mais pas plus ! Je n'ai pas moufté. Rien ! J'ai bafouillé : « Heu… Demain. » Mais là… Oui, ce soir, je suis en feu. Tina Turner ET Soprano m'habitent. Elle ne va pas me faire chier, la Nelly, je vous le garantis.

— Espèce de quiche enfarinée.

Paf ! C'est sorti. À voix basse, certes, mais c'est sorti. Pour parfaire cette déclaration, une pétarade de feux retentit.

— La belle bleue ! La belle verte ! La gerbe ! s'extasie David en nous jetant des regards de souris angoissée.

— Qu'est-ce que tu viens de dire ? souffle Nelly en plissant tellement les paupières que je me demande comment elle fait pour me voir.

— Quiche enfarinée !

Cette fois, ça résonne. J'ai presque l'impression que ça rebondit sur l'eau comme un ricochet, et que ça fait écho. Enfarinée… Farinée… Née… Ée… Et soudain, j'ai terriblement envie de rire. Mais cette impulsion s'évanouit vite fait bien fait quand le visage de Nelly se contracte. Ses lèvres se serrent (#Voldemort), les narines de son nez se dilatent (#taureau), ses yeux lancent des éclairs (#Cyclope-X-Men, mais en version super-vilain). Mon Dieu, cette femme est sur le point de me tuer. Elle découpera mon cadavre en julienne, l'accompagnera d'une petite mayonnaise maison et le dégustera avec une ardeur sauvage. Figée, j'attends ma mort… Mais au lieu de ça, elle tend son index à l'ongle parfaitement manucuré et… me pousse. D'un coup d'un seul, je me secoue. Elle m'a *poussée*. Elle ose me *pousser*.

Elle va voir ce qu'elle va voir. Je sais pousser, moi aussi. Et de deux doigts, même ! Tiens ! Prends ça ! Je n'y suis pas allée de main morte : elle recule de trois pas. Mais se rapproche aussitôt avec la rapidité d'un tigre sous dopants.

— Tu veux jouer avec moi ? dit-elle en me poussant franchement, cette fois.

Je ne pensais pas qu'une fille si frêle pouvait avoir autant de force dans les paumes. À mon tour ! J'y vais moi aussi gaiement, les deux mains contre sa poitrine, tant qu'à faire (si seulement elle ne portait qu'un T-shirt et non un gros manteau, je lui arracherais un téton au passage).

— Arrêtez, les filles ! nous demande David, qui a dégainé son portable.

Est-ce pour nous filmer ou pour appeler la police/les pompiers/ma sœur/la mère de Nelly ? Pas le temps de réfléchir. Nelly la sorcière me pousse de toutes ses forces et… malheur, abomination, je trébuche. Mon cerveau tourne à plein régime : si je meurs dans cette bataille, hors de question qu'elle en réchappe ! Je m'agrippe donc au pan de son manteau et l'entraîne dans ma chute. Ses lèvres forment un « O » stupéfait alors que je m'efforce de lui adresser la même grimace que le clown dans *Ça*, au moment où il emmène ce pauvre enfant à l'imper jaune dans les égouts. La rencontre avec le sol est violente, mais ce n'est rien à côté de la douleur provoquée par son index, qu'elle a enfoncé dans ma narine droite. Mon Dieu, je crois que je vais perdre mon nez. Et tout ce qui s'y rattache ! Sans déconner, j'ai l'impression qu'elle a enfoui son ongle pointu jusqu'à ma rétine, m'arrachant par la même occasion toute la cloison nasale. Je tente de me dégager mais, dans un grognement très peu digne d'elle, elle attrape le pan de mon manteau et me secoue. Je hurle, mais rien n'y fait, elle ne lâche rien. Alors, la rage prend le dessus : avec la vigueur d'un pur-sang sauvage, je la repousse. Elle bascule sur le côté. Rira bien qui rira le dernier ! La vengeance est un plat qui se mange froid ! Etc. !

— Mais calmez-vous enfin ! s'écrie David, que j'aperçois juste au-dessus de nous.

Le flash m'aveugle. OK, le portable, c'était donc pour filmer. Va-t-on finir sur YouTube ?

— Je t'ai toujours détestée, piaille Nelly, qui profite de mon inattention pour me donner une belle claque sur le crâne.

D'accord pour YouTube, mais pas avant de l'avoir massacrée !

Ni une ni deux, je la chevauche à mon tour et lui pince la joue si fort qu'elle n'aura plus besoin de blush pendant une décennie. Au bas mot. Je serre, serre, serre, même si ses yeux s'emplissent de larmes pathétiques.

— Tiens ! Prends ça et dis-toi bien que je m'en tape que Victor se soit foutu de ma gueule. Je…

… ne peux terminer ma phrase. On me saisit sous les bras et on me soulève lestement. Je me débats comme une furie et me retourne pour me trouver face à lui.

Victor.

Quand on parle du loup.

Victor, l'air sombre, qui me scrute. Et, alors que le grand final du feu d'artifice explose et illumine son visage, j'y lis une incompréhension et une tristesse immenses.

WhatsApp – Cabrera Dream Team

Milo, 21 h 15

@Pia : Je suis désolé de ne pas avoir pu t'accompagner, *pulcino* !

Milo, 21 h 35

Je croise les doigts pour que tu passes un bon moment, même si tu es seule et abandonnée de tous. J'espère que tu n'es pas allée au pont jaune. C'est désert. Il pourrait très bien y avoir le psychopathe des décorations sabotées qui t'y a suivie pour te zigouiller dans le noir. À moins qu'il ne te kidnappe et nous demande une rançon.

@Albertina : Tes droits d'auteur ont été conséquents, cette année ? Tu as assez de sous pour racheter Pia ?

Albertina, 21 h 36

Ça dépend du tarif. Et je dois mettre de côté pour une extension de la véranda. Donc il ne faut pas que Pia coûte trop cher.

Milo, 21 h 36

On demandera une ristourne, si c'est le cas.

Albertina, 21 h 37

@Pia : Donne-nous de tes nouvelles, stp. Et ne va pas au pont jaune toute seule.

Milo, 21 h 45

@Pia ?

Albertina, 21 h 58

@Pia !

Milo, 22 h 04

@Pia : Pourquoi tu ne réponds pas au téléphone ?

Albertina, 22 h 10

@Pia : Si tu ne réponds pas tout de suite, on vient te chercher et, crois-moi, tu vas m'entendre.

Pia, 22 h 20

Tout va bien. Je vous expliquerai.

Milo, 22 h 20

On s'est inquiétés ! Tu pourrais au moins développer un peu !

Albertina, 22 h 21

Je sens que quelque chose s'est passé.

Milo, 22 h 22

Je sors le pop-corn. Et j'attends le compte rendu !

Avant

Un vin chaud trop épicé et des churros trop gras

Chaque année, le 23, il y a le feu d'artifice de Noël. Avec Pia-Mia, on le regarde depuis le pont jaune à l'extrémité de l'étang. On a l'habitude d'essayer de deviner la couleur de chaque gerbe avant qu'elle éclate dans le ciel. Ensuite, on va au parc et on commande quatre verres de vin chaud : deux pour tout de suite, et deux pour après et c'est tant mieux, car ils ont un peu refroidi, le temps qu'on s'enfile la première tournée. Ce vin chaud est vraiment trop épicé et on sent que la cannelle dissimule le goût du pinard dégueulasse. Mais Pia aime ça, alors j'aime ça. J'aime boire ce qu'elle boit. J'aime manger ce qu'elle mange, même les churros bien trop gras du stand du parc. Sans déconner, est-ce qu'on leur a appris à égoutter la friture à ces mecs ? Pia se fout toujours du sucre partout et quand je lui fais la bise, elle sent l'huile et l'alcool. L'odeur riche et gourmande de Pia, deux jours avant Noël.

Victor, 20 ans

Chapitre 9

Maintenant

Où un mouchoir en sang enfoncé profondément dans une narine rencontre un scooter chevauché sans casque. Parce que les pires mésaventures se terminent parfois agréablement.

— Qu'est-ce qui se passe ? demande Victor, dont le regard interloqué fait maintenant l'aller-retour entre Nelly, David et moi.

« Nelly m'a sauvagement agressée, voilà ce qui se passe ! » ai-je envie de répliquer. Mais je n'y arrive pas. J'ouvre et ferme la bouche bêtement, trop émue, trop troublée de le voir. Il plonge ses yeux dans les miens. Et il n'y a plus que nous. Un bref instant, je crois lire en lui. Douleur, regret. Puis Nelly toussote, le lien se brise. Je fais volte-face et l'observe se relever, aussi gracieuse qu'une sirène sexy luminescente glamour des flots. La vie est injuste. Je suis certaine que, moi, j'ai juste l'air débraillée. Je tâte ma chevelure et tombe sur un sac de nœuds qui semble se dresser sur le haut de mon crâne. Je tente vainement de l'aplatir alors qu'elle époussette son manteau d'un geste délicat, avec une mine de biche triste et un soupir désolé. Si je n'avais pas autant envie de me transformer en superstar du catch pour la saisir par le pied, la faire tournoyer trois fois au-dessus de ma tête et la balancer dans les cordes, j'applaudirais ses talents d'actrice et lui demanderais même des *tips* pour essayer de lui arriver à la cheville.

— Je suis si contente que tu sois venu me retrouver, Victor..., souffle-t-elle d'une petite voix enrouée/pathétique/soulagée.

J'avise Victor : il esquisse une drôle de grimace à mon adresse. Quoi ? Il a peur que je prenne mal le fait qu'ils aient rendez-vous à notre pont jaune ? On n'en est plus là ! Il a déjà piétiné notre relation en se moquant de moi avec Nelly-ongle-coriace, il peut bien lui filer rencard ici le soir des feux d'artifice. Ça ne me fait ni chaud ni froid. Même pas tiède ! Ça ne me fait rien. Indifférence totale et...

— Tu as le nez qui saigne, dit-il d'une voix douce.

Il fouille dans sa poche droite, et moi, je le regarde. Ses cheveux fous, ses petites rides d'expression, sa peau mate, sa bouche pulpeuse, son nez un peu fort, un peu long, qu'il a cassé quand il avait seize ans. Ses épaules carrées. Cette façon qu'il a de ne jamais avoir froid, ses gestes amples et assurés. Tout.

— Là, tiens, murmure-t-il en me tendant un paquet de Kleenex.

Il a toujours eu des mouchoirs sur lui : il a le nez qui coule en hiver et il éternue au printemps. « Putain de nez qui me fout jamais la paix. » Il disait ça à chaque fois qu'il dégainait un Kleenex. Je lui répondais qu'il radotait. Il souriait et se mouchait.

Je m'en saisis, nos doigts s'effleurent : les miens, gelés, les siens, éternellement brûlants.

— Victor, tu viens boire un vin chaud ? lance Nelly, qui s'est matérialisée à côté de nous.

Je m'enfonce le mouchoir dans la narine. Elle renifle avec dégoût.

— Bonne idée, l'alcool ! J'en ai bien besoin, après toutes ces émotions ! s'exclame David.

Victor ne leur prête pas attention.

— Ça va ? me demande-t-il en tendant la main vers moi, avant de la laisser retomber.

J'acquiesce, ce qui a pour seule conséquence de projeter

une petite gerbe de sang sur mon manteau bleu ciel. Un instant, je pense au fait que ce sera une galère pas possible pour nettoyer cette tache et que *mama* me conseillerait de mettre tout de suite du sel dessus si j'espère le sauver. Puis je reviens à sa question con. Je dis oui, mais j'ai envie de crier (ce qui ne serait pas du plus bel effet, vu qu'une narine bouchée par un Kleenex donne une voix nasillarde). Je brûle de lui hurler que non, non, non, ça ne va pas.

— Change le mouchoir, il est imbibé.

« Change le mouchoir, il est imbibé. » Ses dernières paroles avant que je parte. Après la visite de Nelly au garage, j'étais terriblement malheureuse. J'ai laissé tomber la Passat sur laquelle je bossais pour aller me recroqueviller dans la petite salle où l'on range les outils. Je me suis laissée tomber entre deux caissons de vis et j'ai voulu pleurer. Vraiment. Je me suis dit que ça me ferait du bien. Je me suis concentrée, j'ai poussé aussi fort qu'un bébé constipé. Je mourais d'envie de ressentir du soulagement, au moins un bref répit. Rien. Je souffrais. J'ignore combien de temps s'est écoulé avant que José passe le pas de la porte d'un air contrit. Il s'est accroupi devant moi, de manière à ce que nos regards se rencontrent. J'ai plongé dans ses bons yeux. Il m'a tendu une tasse de café.

— Ça roule, ma jolie ? a-t-il demandé.

J'ai secoué la tête.

— Ton Victor, là… Je pense que tu devrais lui parler. C'est toujours mieux de discuter, tu sais. Vous, les jeunes, avec votre Internet et vos relations bizarres, vous vous embrouillez et vous vous mélangez les pinceaux sur tout. Cours lui dire ce que tu as sur le cœur.

J'ai de nouveau secoué la tête, mais José ne s'est pas laissé faire. Il s'est relevé, m'a tendu les bras, a attrapé mes mains, m'a redressée, m'a donné une brève accolade et m'a poussée dehors sans ménagement.

— Allez ! File. Je m'occupe de la Passat.

J'ai décidé de l'écouter. Je m'apprêtais à sortir du garage quand Victor est apparu. Il était à contre-jour, j'ai d'abord vu sa silhouette athlétique, imposante. Une immense bouffée d'amour m'a coupé le souffle. Et juste après, la colère, d'aimer un homme qui m'avait fait tant souffrir. Alors je lui ai foncé dessus, j'ai planté dans son torse un index que j'aurais souhaité orné d'un ongle à la Nelly, bien pointu, histoire de lui faire mal. Et j'ai attaqué, jusqu'à ne plus pouvoir respirer. Je lui ai répété ce que Nelly m'avait dit, mais surtout j'ai ajouté que c'était parfait, puisque moi aussi j'avais l'habitude de me foutre de lui. Particulièrement avec Evan, mon mec du moment. Tiens, j'allais être honnête : je détestais ses cookies et ses inventions culinaires, je détestais le regarder entraîner les jeunes, je détestais ses playlists. D'ailleurs, ces nuits de réveillon pendus au téléphone ne rimaient à rien. Je me forçais, moi aussi, alors que ça faisait belle lurette que je n'avais plus d'insomnies. J'étais vraiment soulagée qu'il se soit foutu en couple avec Nelly, oui, oui, vraiment, car avant ça j'avais l'impression que nous étions trop proches, que c'était mieux de tout stopper pour que chacun vive sa propre vie.

Je me suis tue, j'étais essoufflée. Il a blêmi et m'a regardée d'un drôle d'air. Mon cœur s'est mis à battre follement. J'avais honte de lui avoir balancé tout ça et d'avoir menti. J'ai ressenti un infime espoir : allait-il dire quelque chose qui mettrait un terme à cette folie ? Lui et moi en train de se déchirer : impossible ! Mais il a juste fouillé dans sa poche pour en sortir un paquet de Kleenex qu'il m'a tendu.

— Tu saignes du nez.

J'ai passé l'index sous ma narine et j'ai senti le liquide chaud. J'ai pris un mouchoir, et j'ai tapoté pour limiter les dégâts. Il m'a contemplée en silence, j'ai rougi.

— Tu as tout dit, Pia-Mia. Je n'ai rien à ajouter. Restons-en là.

Il a secoué la tête. Dans son regard, il y avait de l'amertume, de la colère, de la déception, du mépris. De la tristesse ?

— Change le mouchoir, il est imbibé, a-t-il lancé avant de se retourner et de partir.

Aucune tristesse…

J'avais tout imaginé.

Tout ça me revient avec la même netteté que d'habitude.

J'ai repassé cette scène dans mon esprit, encore et encore… Je l'ai rejouée tant de fois. J'effaçais toujours mes mots et les remplaçais par des « je t'aime ». Après cette confrontation, je n'ai plus croisé Victor. Une semaine après, je partais sur un coup de tête avec Evan qui rentrait à Marseille, se disait fou amoureux et me proposait de le suivre. Jamais je n'aurais fait ça si j'avais été dans mon état normal : abandonner ma famille, mes amis, le garage… J'avais juste le cœur brisé, l'envie de fuir : c'était l'occasion toute trouvée. Je n'ai pas eu le courage de dire au revoir, j'ai voulu tout couper, tout quitter comme ça, du jour au lendemain, sans prévenir personne.

— Pia ! Est-ce que tout va bien ? demande Victor d'une voix sonore, qui me tire de mes pensées.

Je reviens à la réalité, à l'instant présent : ce Noël, cette année, un an après notre séparation. Et cet endroit, le nôtre, où il a visiblement donné rendez-vous à Nelly. Une foule de questions se pressent dans mon esprit : Milo m'avait appris qu'ils s'étaient séparés, mais se sont-ils remis ensemble ? D'ailleurs pourquoi se sont-ils séparés ?

Je scrute le visage de Victor, je n'y trouve aucune réponse. Nelly claque la langue contre son palais. Je n'ai rien à faire ici. Je marmonne un « Tout va bien », retire ce mouchoir absurde de ma narine, les salue tous les trois et m'éloigne. J'attrape la clé dans ma poche, enfile mon casque et enlève le cale-pied du scooter avant de m'asseoir dessus. Mais au moment où je démarre, je sens une main sur mon épaule. La paume est chaude, elle est grande, c'est lui. Je me retourne.

— Tu as toujours eu la mauvaise habitude de ne pas attacher ce foutu casque, Pia, dit-il en fronçant les sourcils.

Il sourit légèrement, se penche, saisit les deux brides et me les clipse. Puis il se redresse, me contemple et lève les yeux au ciel avant de passer sa paume sur sa barbe de trois jours. Enfin, il me repousse d'un geste doux.

— Allez, installe-toi derrière, je te ramène. Tu as perdu du sang, tu risquerais de ne pas avoir les idées bien nettes.

Pour qui me prend-il ? Je suis une Cabrera ! J'ai toujours

les idées nettes. Mais j'ai envie d'être avec lui… Non, il ne faut pas. Je ne récolterai que de la souffrance.

— Non, merci. Je ne veux pas rentrer, je vais m'arrêter boire un petit vin chaud.

— Je suis partant pour le vin chaud.

— Pour croiser Nelly et David ? Non merci.

— Toi, tu sais ce dont tu as envie ! dit-il en riant.

Je ne peux m'empêcher de sourire.

— Je veux rentrer.

— Très bien ! répond-il, les yeux pétillants. Alors laisse-moi faire.

Je secoue la tête et ne bouge pas. Il s'impose. Il me repousse fermement en arrière et s'installe. Mes cuisses enveloppent les siennes : ça m'arrache un frisson délicieux… que je refuse de ressentir. Je recule d'un mouvement brusque et manque de me vautrer lamentablement par terre. J'imagine déjà la scène : lui qui ne se rend compte de rien, qui fait une marche arrière et m'écrase. *Ci-gît Pia-Mia Cabrera, victime d'un frisson irrépressible provoqué par Victor, son ex-meilleur ami qui ne l'a jamais aimée, alors qu'elle a toujours été folle de lui. Mécanicienne, elle a été trucidée par un véhicule et c'est tout compte fait une assez belle mort.*

Mais la pierre tombale sera pour plus tard : d'une main, il me retient. Puis, sans dire un mot, il attrape mes deux bras, les place autour de sa taille, et il démarre. Il passe par le chemin de terre humide. J'ai froid, j'ai chaud. Je le sens, j'éprouve sa chaleur, la forme de son corps. Je grelotte, je brûle. La petite montée bordée de sentiers menant dans la Clape, la descente devant la maison du collectionneur de canons de guerre. Le panneau Gruissan. Le centre-ville tout illuminé, les ruelles pavées, le marché de Noël nocturne…

— Tu veux une barbe à papa ? demande-t-il.

— Non.

Je meurs d'envie d'une barbe à papa, mais je suis si bien, tellement à ma place contre son dos, que je refuse d'être séparée de lui ne serait-ce qu'une seconde. Il continue à rouler. Le port, le rond-point, la montée du cimetière marin, la chapelle des Auzils… Non, non, non, ne pas arriver, pas déjà… Et la maison. Nous remontons l'allée et il se gare. Je reste immobile. Front contre sa nuque, poitrine contre ses omoplates. Puis je me force à descendre.

— Garde le scooter ce soir. Tu le ramèneras demain.

J'enlève le casque et le lui tends.

— J'ai la vilaine manie de ne pas attacher mon casque, tu as celle de ne jamais en mettre.

Il rit. Il rit et tout s'illumine. Je ris aussi. Et le silence s'installe alors que nous restons là, yeux dans les yeux. J'y lis de la tendresse et de la joie. Pourquoi, après tout ce qu'on s'est dit ? Le cœur battant la chamade et parce que l'émotion est trop forte, je hoche la tête, fais volte-face et gagne la maison d'Albertina, sentant son regard me suivre comme une caresse.

WhatsApp – Cabrera Dream Team

Milo, 8 h 04

Lalalalala, aujourd'hui, c'est le 24 ! Les petits mots d'Albertina, la préparation du repas du réveillon. J'adore le réveillon de Noël. Je suis en train de m'enfiler toute une boîte d'escargots en chocolat comme ça, au réveil, sans préparation. C'est le début de la fin !

Albertina, 8 h 06

Je suis déjà en train de cuisiner, Milo. Vu que tu es réveillé, tu pourrais venir m'aider au lieu de boulotter.

Milo, 8 h 07

Demande à Pia, elle est plus corvéable, car tu l'as sous la main. Tu montes à l'étage et hop, c'est bon.

Albertina, 8 h 09

Pia dort encore. Je tiens à signaler que, hier, elle est rentrée avec un sourire niais.

Milo, 8 h 09

Est-ce que mon scooter a survécu ?

Pia, 8 h 15

Je suis réveillée. Je n'avais pas un sourire niais. C'est Victor qui a ton scooter, car il m'a ramenée.

Milo, 8 h 16

QUOI ? ? ? ? ? ? ? ? ? ? ? ? ? Pop-corn ! ! ! ! !

Albertina, 8 h 16

NOOOOON ? Descends tout de suite et raconte !

Avant

La pâte d'une bûche de Noël glacée vanillée aux noix de pécan, clémentine et pépites de praline

Nelly a trouvé mes petits mots, les mêmes que celui-ci, que j'écris depuis que je suis petit, depuis ma rencontre avec Pia. Elle a ouvert la boîte en métal dans laquelle je les gardais et elle a tout vu. Elle s'est pointée, blessée, furieuse, alors que je cherchais une résa pour nos prochaines vacances. Elle me les a balancés à la figure. Elle a hurlé que j'aimais Pia, que je l'avais toujours aimée, que j'étais amoureux d'elle. J'ai voulu dire non, je l'ai dit. Mais si faiblement, et avec tellement de mauvaise foi, qu'elle ne m'a pas cru une seule seconde. Elle est partie en claquant la porte. Et moi, moi, j'ai juste pensé à la bûche que j'aimerais cuisiner à Pia. La même que ma toute première, quand j'étais en seconde : une bûche de Noël glacée vanillée aux noix de pécan, clémentine et pépites de praline. Pia était là. Elle ne m'a pas proposé une seule fois de m'aider et n'a pas mis la main à la pâte. Elle me regardait et parlait. Elle passait le doigt dans les saladiers puis le léchait. Je lui disais que c'était dégueu les préparations pas cuites. Elle a tendu son index recouvert de pâte devant ma bouche. Et je l'ai léché. Meilleur goût du monde, celui du sucre et de la peau de Pia-Mia.

Victor, 24 ans

Chapitre 10

Maintenant

Où l'un s'adoucit et l'autre revient. Question de mauvais timing.

Dès le réveil, je sens qu'un sourire 100 % niais étire mes lèvres. Victor, Victor, Victor. Son sourire, mon corps contre le sien, l'impression de l'avoir retrouvé. Et si on tâchait de communiquer pour de bon, comme me l'avait conseillé José ? Et si on essayait de tirer un trait sur tout ce qui nous a séparés, au lieu de nous détester ? Détester… Non, je n'ai jamais détesté Victor. Il m'a fait du mal. Mais, quoi ? Les gens se font du mal tout le temps. Pourtant, ils s'aiment quand même et se pardonnent. Demain, c'est Noël. Les souhaits se réalisent à cette période de l'année, non ? Et si cette nuit on se parlait, comme avant que tout dérape ? Le cœur battant la chamade, je roule sur le côté en gloussant bêtement et décide de m'extraire de mon perchoir. Descente en douceur. Manquerait plus que je finisse aux urgences avec une jambe cassée, à manger de la compote insipide le soir du réveillon ! #lalose

— ÉTEINS CE TÉLÉPHONE, JUAN ! Cet appareil n'est PAS une extension de ton corps ! Si tu continues, je vais le balancer dans le broyeur !

Les hurlements d'Albertina me parviennent. Tout va pour le mieux dans le meilleur des mondes : elle est en forme ! Est-ce son potentiel amant qui la rend si heureuse ? Je pique un sweat à Juan, l'enfile et dévale les escaliers. Arrivée au rez-de-chaussée, je m'arrête pour observer la scène. Albertina est écarlate ; quelques mèches folles s'échappent de son chignon parfait. Elle a les mains dans un saladier de farce, qu'elle malaxe avec la délicatesse d'un rouleau compresseur (si cette pauvre farce avait une âme, elle hurlerait à l'aide). Elle fronce sévèrement les sourcils en fusillant Juan du regard. Mon neveu, imperturbable, ne raccroche pas malgré les imprécations de sa mère.

— Ouais, ouais, c'est ma madre. Oui, je t'ai déjà dit qu'elle était…

Il jette un œil provocateur à Albertina avant de hausser le ton :

— … TOTALEMENT HYSTÉRIQUE.

Cette dernière pousse un cri étranglé et jette le torchon qui était posé sur son épaule dans sa direction. Juan fait un pas de côté pour esquiver l'attaque avec un rire moqueur.

— Tu vois, là, elle vient de m'agresser. Je suis un enfant maltraité, en fait. Psychologiquement ET physiquement. Parfois, je me dis que…

— JUAN ! vocifère Albertina en le rejoignant à grandes enjambées, le bras tendu.

Elle tente d'attraper son téléphone, mais Juan, qui fait deux têtes de plus qu'elle, le lève le plus haut possible pour l'en empêcher.

— JUAN ! Arrête ça tout de suite ou je te jure que j'annule Noël.

— Encore une maltraitance ! rétorque mon neveu, qui éclate soudain de rire.

Albertina arrête de sautiller, pose les mains sur ses hanches, le fixe. Ses lèvres frémissent, son regard s'adoucit et elle rit à son tour.

— Marin, aide-moi ! Il faut qu'on éduque ce monstre ! lance-t-elle d'un ton joyeux.

J'avise alors Marin, assis dans le grand fauteuil en osier placé devant la baie vitrée du salon. Il est voûté, et ne prête pas attention à ce qui l'entoure. Non, son regard est fixé sur l'extérieur. Il semble à la fois inquiet et féroce. Drôle de mélange sur le visage de celui qui est toujours doux et jovial. Albertina et Juan ne font pas attention à lui, je le rejoins.

— Tout va bien, Marin ? demandé-je en posant ma main sur son épaule.

Il sursaute, et fixe sur moi un regard absent, avant de se ressaisir et de me sourire.

— Oui, oui. Je fais le guet.

— Le guet ?

— Au cas où le criminel revient.

Je plisse les paupières et observe la grande cour. Tout est illuminé. Aucun souci. Finalement, un copain d'un copain électricien lui a prêté de nouveaux câbles.

— Tu sais, Marin, je penche vraiment pour l'hypothèse d'un ado désœuvré. Ou d'un concurrent jaloux ! Quoi qu'il en soit, je suis certaine que cette personne ne recommencera pas. On est le 24, quand même ! La veille de Noël.

Il réfléchit un instant et sourit sans conviction.

— On a quand même failli tuer trois de mes bébés.

— Marin, ce ne sont pas tes bébés, ce sont des décos ! intervient Albertina qui nous a rejoints.

Elle caresse sa joue avec tellement de tendresse que je me dis que j'ai rêvé : impossible que ma sœur ait une liaison. Elle semble beaucoup trop éprise de Marin. Celui-ci, justement, prend une longue inspiration, hoche la tête, puis se lève.

— Vous avez raison, je dois me reprendre en main.

— Et illico ! renchérit Albertina. Surtout que c'est le jour des petits mots !

La porte s'ouvre à la volée et Milo fait son apparition, bonnet de Noël sur la tête.

— Salut la compagnie ! Voilà le plus grand, le plus fort, le plus beau, le plus intelligent ! clame-t-il avec une pirouette.

— Et le plus modeste, évidemment ! s'exclame Albertina qui lève les yeux au ciel. Tu arrives pile pour l'heure des petits mots. Je vous donne les couleurs de cette année : toi, Milo, noir. Marin, bleu. Pia, violet, et Juan… Juan ?

Albertina scrute la pièce, mais il a filé.

— JUAN ! C'est l'heure des petits mots ! hurle-t-elle.

Pas de réponse.

— JUAN !

— Ça va, j'arrive ! crie-t-il d'en haut.

— Ce gosse me tuera, soupire ma sœur. Bref, vous pouvez chercher quand vous voulez.

— Super ! dit Milo, avant de se tourner vers moi en levant-abaissant-levant-abaissant les sourcils. Mais d'abord, Pia doit nous raconter sa soirée. Soirée qui s'est terminée sur MON scooter, avec Victor. Alors ?

Je pique un fard et détourne le regard.

— Il ne s'est rien passé… J'étais au pont jaune. Nelly et David sont arrivés. Je me suis vaguement battue avec Nelly. Victor est arrivé et il m'a ramenée.

Milo et Albertina ouvrent de grands yeux.

— Hein ?

— RACONTE !

— Tout à l'heure ! dis-je. D'abord, je vais chercher mon petit mot ! Violet, tu as dit, Albertina ?

— Tu ne peux pas nous laisser sur notre faim comme ça ! Raconte, Pia ! braille Milo. *Per favore !*

— *Pietà*[1] *!* renchérit Albertina.

— À tout à l'heure ! éludé-je.

Je me dirige vers la porte, ignorant leurs « Allez ! *Pulcino !* S'il te plaît ! Raconte ! Raconte ! *Peeeeer favore !* ».

Quand je sors, l'air froid me pique le visage. Je m'arrête un instant pour savourer le fait d'être chez moi, la veille de Noël. Puis je déambule entre les décorations. Chaque année, Albertina a le don de me faire presque-pleurer. Ses mots sont du velours, de l'amour à l'état brut. Elle qui montre si peu ses émotions se l'autorise toujours le soir du réveillon de Noël, à travers son talent pour l'écriture.

J'arrive aux abords de ma maison et aperçois par la fenêtre Renan et Joce, attablés à la cuisine. Ils lisent ensemble un gros livre et Renan dépose un baiser sur le crâne de Joce. Merveilleux ! Je préfère ça que leurs câlins senior-torrides ! Touchée par cette scène et ayant le sentiment d'être de trop,

1. Pitié.

je fais volte-face… pour découvrir Victor, qui s'avance dans la cour, armé d'une énorme cagette, comme hier. Il ne m'a pas vue. Je prends le temps de l'observer avant d'aller à sa rencontre.

Quand il m'aperçoit, il m'offre un large sourire. Et comme d'habitude, ses fossettes, son regard… Mes frissons…

— C'est la veille de Noël, Pia ! dit-il d'une voix grave et chaude. Tu es heureuse ?

— Parfaitement.

C'est vrai ! Même si, pour être honnête, ma narine droite souffre encore terriblement de l'offensive nellyenne.

— Tu es en train de chercher les petits mots d'Albertina ?

— Oui. Et toi, tu amènes le repas à Joce et Renan ?

Cette conversation est plus plate que la mer un jour de vent du nord, mais ça me fait tellement de bien de parler avec lui normalement. Enfin, de manière pas super naturelle… mais sans s'agresser.

— Oui. Tout est déjà prêt, ils n'auront qu'à tout réchauffer.

— OK.

— OK.

— OK.

À ce rythme-là, on y sera toujours quand on aura cent ans. Il faut que je brise ce cycle infernal de l'approbation. Silence. Un hululement de coucou résonne. Ça hulule, un coucou ? Non, ça doit siffler. Et ce doit être une mésange. Bref.

— Heu…, dis-je bêtement.

— Tu veux que je t'aide à chercher, quand j'aurai déposé ça chez eux ? Enfin, chez toi ? propose-t-il avec un sourire, alors que mon pouls s'accélère.

— Avec plaisir. Je…

… m'interromps, alors que mon cœur lâche, d'un coup d'un seul. Incroyable. Insensé. Plus improbable que boulotter une glace italienne au pôle Nord. Ou croiser un ornithorynque déguisé en Spider-Man. Ou…

— Non…, ne puis-je m'empêcher de murmurer.

— Hein ? dit Victor.

Je secoue la tête, incapable de détourner les yeux de Super-Connard.

Evan.

Evan, ici, comme un cheveu sur la soupe. Ou plutôt comme un long cheveu épais très écœurant sur la soupe qu'on s'apprête à avaler goulûment, un cheveu qui se pointe inopinément en surface et qui nous donne une furieuse envie de vomir alors qu'on est obligé de l'affronter avec calme, car c'est *mama* qui a cuisiné, qu'elle y a passé du temps et qu'elle serait vexée si on hurlait à la mort pour un pauvre cheveu flottant et…

Je m'emballe. Je dois rester calme.

— Coucou Pia !

Triple buse au cerveau atrophié par les coups de soleil. Il ose le ton guilleret ! Je vais lui ôter son air de Oui-Oui au pays des jouets, il va voir. Nos regards se croisent : je le trucide tellement des yeux que ça me pique. Il contre-attaque avec un large sourire conquérant. Sans déconner ! Il s'est cru dans *La Conquête de l'Ouest* ou quoi ? Il s'est pris pour Jon Snow en route pour le Nord ? Il a pensé qu'il pouvait me récupérer aussi facilement qu'un ballon de volley lancé par un enfant de six ans ? Quel sale type ! Quel crétin dégénéré de trente-sixième génération !

Il s'approche et mon regard fait l'aller-retour entre lui et Victor, qui contemple notre visiteur, l'air impassible.

— Salut ma belle ! lance Evan en se penchant vers moi pour embrasser mon front.

Sidérée par son audace, je recule brusquement… avant de me souvenir que j'ai menti à Victor en prétendant que nous étions toujours ensemble et qu'après une gastro foudroyante il me rejoindrait avec la ferveur d'un amoureux éperdu. Au supplice, je m'efforce donc de lui sourire. Je suis certaine que mon expression fout les jetons tellement je suis crispée. Mes dents grincent, d'ailleurs.

— Je vois que tu es contente de me voir. Ça fait plaisir malgré notre rupt…

— Evan, je te présente Victor, je ne crois pas l'avoir déjà fait, dis-je précipitamment.

Evan tend la main, puis se ravise. Victor demeure immobile, sa cagette en main, et se contente de dévisager Evan.

— On s'était croisés, lâche-t-il d'un ton de suprême ennui, avant de planter son regard dans le mien. Pia, je vais te laisser. Je crois que tu as trouvé une bonne âme pour t'aider à chercher ton petit mot.

Sans rien ajouter de plus, il nous salue d'un bref signe de la tête et se dirige d'un pas vif chez moi. Evan passe son bras autour de mes épaules. D'un geste brusque, je le repousse et retiens mon élan : celui de courir après Victor et de m'accrocher à lui pour ne plus jamais, jamais le lâcher.

WhatsApp – Cabrera Dream Team

Albertina, 9 h 40

Pia, tu as trouvé ton petit mot ?

Milo, 9 h 45

Pia, pourquoi tu t'es battue avec Nelly ?

Albertina, 9 h 53

Il faut à tout prix que Marin oublie cette histoire de sabotage. Ça le rend fou.

Milo, 9 h 54

Distrais-le. Faites du sexe de Noël.

Albertina, 9 h 55

Tu ramènes TOUT au sexe, c'est dingue.

Milo, 9 h 55

Je te rappelle que je lis tes romances et que la phrase « son formidable membre viril se dressa en une érection tout à fait grisante et, lorsqu'elle le saisit, elle frissonna » y apparaît de manière récurrente. #quiestleplusobsédé

Albertina, 10 h 01

C'est pour le plaisir des lectrices.

Milo, 10 h 02

Et le tien, petite coquine.

Albertina, 10 h 03

Pia, où es-tu ?

Milo, 10 h 06

@Pia : J'arrive, moi aussi je vais chercher mes petits papiers.

Avant

Un morceau de baguette dégueu du supermarché

J'ai su après coup que la dernière saveur que j'aurais de Pia serait celle d'un pauvre bout de pain. Cette baguette, je ne l'avais même pas achetée à la boulangerie, il n'y en avait plus. Elle était insipide. J'avais la dalle, j'en ai pris un morceau en rentrant à la maison. Depuis la veille, ma discussion avec Pia tournait en boucle dans ma tête. J'ai traversé, et je l'ai vue. C'est allé très vite, une seconde. Elle souriait. Elle était sur le siège passager. Son mec du moment conduisait. J'ai détourné les yeux et j'ai filé. Quand j'ai su ensuite qu'elle s'était barrée à Marseille, j'ai compris que ce serait ça, le goût de son absence : un bout de baguette dégueu du supermarché. Un truc sans saveur, sans caractère, sans odeur.

Victor, 23 ans

Chapitre 11

Maintenant

Où une rigole infectée rencontre un sauvetage chevaleresque. Pour remettre les choses à leur place.

— Alors ? Heureuse de me voir ? demande Evan de sa voix la plus sensuelle.

La question est purement rhétorique, comme le prouve son expression assurée de beau gosse habitué à claquer des doigts pour obtenir ce qu'il veut. Sauf que, là, il y a un hic, ça ne fonctionne pas. Sans déconner ! Est-ce qu'il a croisé son reflet dans le miroir aujourd'hui ? Impossible ! Sinon, il aurait opté pour le look cache-œil. Et sans hésiter. Je refrène un haut-le-cœur. J'ai vraiment, vraiment envie de détourner le regard de son œil gauche, mais je n'y parviens pas. Evan m'a attirée contre lui et je l'ai en total zoom, en gros plan absolu de la mort qui tue et, malheureusement, sans filtre embellisseur. Ce n'est pas tant le fond de la rétine qui me gêne (il est écarlate, à la Dracula, mais rien de choquant). C'est tout le reste… *Mama mia*, c'est l'apocalypse oculaire au dernier degré. Ses *cils* ! Ses CILS ! Ses cils forment des paquets, un petit peu comme ceux d'une novice en pose de mascara. À la différence près que là ils sont collés par du *pus* épais ET jaunâtre. Oui. Et cette atroce substance s'agglutine au coin de sa paupière… et… Non, *dio mios* ! Je n'en suis pas certaine, mais je crois qu'elle s'apprête à dévaler sa joue. Lentement mais sûrement. Mon Dieu, va-t-il verser une larme infectée ? Un frisson d'horreur me secoue alors que je me dégage et recule d'un mouvement sec.

— Heureuse n'est vraiment pas le terme que j'emploierais. Je pencherais plus pour un mix entre ébahie et excédée. Dis-moi, tu n'étais pas censé utiliser un cache-œil ?

— Ébahie et excédée, dans ta bouche, ça signifie agréablement surprise et heureuse ! rétorque-t-il avec un sourire suffisant qui me donne envie de lui arracher les oreilles pour les lui agrafer sur les mains. Merci de t'inquiéter de mon œil, mais il va bien.

Focus sur la larme jaunâtre. Oui, voilà, on y est : elle coule, comme une mini-rivière de l'angoisse. #cauchemar

— Certes, il est un peu amoché mais, Pia, je sais que tu ne t'arrêtes pas à ça. Tu m'aimes.

Je réprime l'envie de lui enfoncer mon index dans son œil valide et de creuser jusqu'au cerveau (bien que je doute qu'il en ait un) et choisis la technique de la réplique froide et nette.

— Détrompe-toi, je ne t'aime pas.

Il rit, ce qui a pour effet de faire trembloter la larme et d'accélérer son écoulement. #cauchemarabsolu

— Ah oui ? Pourtant, il n'y a pas plus tard que deux semaines, quand je te faisais ce truc avec la langue, tu sais, juste là…, poursuit-il d'une voix vantarde, tu hurlais que tu m'aimais.

Mon Dieu, c'est pathétique : il en est rendu à utiliser l'argument « je te fais jouir donc je suis ton dieu ».

— Je criais que j'aimais *ça* ! Pas que je t'aimais, *toi* !

— C'est pareil.

— Absolument pas : tu as une langue démesurée par rapport au commun des mortels. Ça te permet d'accomplir des choses bien particulières avec, d'appuyer aux bons endroits et de déclencher un orgasme. La belle affaire ! Ça n'a rien à voir avec les sentiments.

— Quand même ! Un peu !

— Non. Et cette discussion est close. Maintenant,

j'aimerais que tu partes. File retrouver ta pompière et fous-moi la paix.

— Ma collègue ne m'intéresse plus, c'est fini entre nous. C'était une passade. Je ne comprends pas ta réaction : tu avais pourtant l'air contente quand je suis arrivé. Tu ne m'as pas repoussé au moment où je t'ai serrée dans mes bras, si ? Tu me prends pour un con, en fait ? Tu te venges ?

Dois-je lui expliquer que mon attitude était la conséquence logique de mon bobard à Victor et que je n'agissais que pour me couvrir ? Aucune envie d'entrer dans les détails.

— C'était dû à l'effet de surprise, dis-je sobrement. Maintenant, va-t'en, je suis occupée. Je dois chercher des petits mots… Enfin, laisse tomber.

Il hausse un sourcil arrogant.

— Chercher des trucs ? Super ! Je t'accompagne. J'ai toujours été fort à cache-cache !

— Qu'est-ce que tu ne comprends pas dans la phrase « je ne t'aime pas et je ne veux pas que tu restes ici » ?

J'ai haussé le ton et assorti cette montée en gamme d'un regard assassin. Et la mayonnaise semble prendre ! Oui ! Victoire ! Je constate à son expression que ça y est, l'information est arrivée au cerveau après avoir traversé les épaisseurs de brume de sa bêtise. Son sourire se fane et il plisse les paupières. Mon Dieu, pas trop, pitié ! La larme jaunâtre a désormais atteint le milieu de sa joue. Je vais vomir. Comment fait-il pour ne pas la sentir ? #oscarducauchemar

— Tu as…, commencé-je en pointant du doigt l'abomination.

— C'est ce mec… Victor, dit-il d'un ton agressif en ignorant ma louable tentative pour sauver sa dignité. C'est ça ?

— Victor n'a rien à voir là-dedans.

Victor a tout à voir là-dedans, me hurlent mon cœur, mon cerveau, mon âme, mes jambes qui fourmillent quand je pense à lui, mon ventre qui frémit de papillons lorsque je le croise. Mes pieds qui… Heu… non, quand même pas mes pieds… Quoique, je…

— C'est ça, ouais. Au début où on était ensemble, j'ai

senti qu'avec ce mec il y avait un truc. Tu as voulu me faire croire le contraire, mais je ne suis pas con. Quand tu parlais de lui, tu avais une drôle de tête.

Je me souviens surtout que je refusais de parler de lui. Lorsque j'ai suivi Evan, du jour au lendemain, après ma dernière conversation avec Victor, mon cœur était brisé. J'étais persuadée qu'Evan me sauverait, qu'il me permettrait de l'oublier. Et pour ça, je me suis promis de ne plus jamais, jamais évoquer Victor. Quand Evan est venu me chercher et que nous avons quitté Gruissan, nous avons croisé Victor. Je revois la scène : avant le panneau de sortie, au ralentisseur, là où la vitesse est limitée à 30 parce qu'il y a un passage piéton très emprunté. Il traversait d'un pas rapide, les sourcils froncés. On s'est arrêtés. Il était si beau : il portait un jean, sa grosse veste Adidas, il avait les cheveux en bataille comme d'habitude et tenait une baguette à la main dont il mangeait un bout. Il a tourné furtivement la tête vers nous. À peine un coup d'œil, une demi-seconde. Je ne sais pas s'il a vu que c'était moi, que c'était Evan. Il a foncé, on a redémarré. Evan a jeté un regard vers moi. Il m'a demandé pourquoi j'avais hoqueté. Est-ce que ce mec avait une quelconque importance pour moi ? J'ai éludé. « Un ancien ami » : voilà ce que j'ai répondu d'une voix légère alors que mon cœur se brisait encore et encore. Je lui ai caché Victor parce que Victor n'appartenait qu'à mes rêves et mes désirs à moi. Mais il a compris. Évidemment.

Ceci dit, il n'a aucune légitimité pour m'en parler maintenant.

— Tu n'oserais tout de même pas me faire une crise de jalousie alors que tu m'as trompée ? demandé-je d'un ton acide.

— C'est différent ! s'exclame-t-il avec un aplomb qui me sidère. Moi, c'était juste sexuel.

Je ne ressens plus rien pour Evan, mais je dois admettre que je suis piquée.

— Merci de me préciser que tu n'étais pas épanoui avec moi, à tel point que tu avais envie d'aller voir ailleurs. Je n'y crois pas ! Alors que je m'étais déguisée en *sexpin*…

— En *sexpain* ? répète-t-il en écarquillant les yeux d'un air interrogateur. Comme sexe et pain ? Un pain fourré au…

— Mais *merda* ! Laisse tomber ! Victor est un ami.

Haussement d'épaules dédaigneux de sa part.

— Ouais, un ami que tu contemples avec tes yeux de biche perdue dans les bois.

— N'importe quoi ! Mais pour qui tu me prends, sérieusement ? D'abord, je ne suis pas une biche, moi. Je ne suis pas un pauvre animal aux abois. Je suis un renard rusé… Un loup sauvage. Un sanglier féroce !

Evan lâche un rire moqueur et me contemple de la tête aux pieds. De mon côté, c'est total focus sur sa larme de pus qui a désormais atteint le bas de sa joue. Mon Dieu, va-t-elle goutter sur son manteau ?

— Effectivement, plus sanglier que biche, question silhouette, commente-t-il avec une ironie détestable.

Quelle vilenie ! Quel triple crétin des hauts sommets ! Quel abruti confit ! Quel CON !

— Attaque physique ? Tu es sérieux, là ? Tu insinues que j'ai le morphotype d'un sanglier ? D'un SANGLIER ?

Il hausse les épaules.

— Je n'insinue pas, je fais un constat. Pia, soyons réalistes : on ne peut pas dire que tu sois super fine au niveau des hanches. Mais ça fait ton charme, cette carrure légèrement masculine et…

Je lâche un grognement furieux et en suis presque à racler le sol. Il me prend pour un cochon sauvage ? Il va voir de quel bois se chauffe un sanglier.

— Mais qu'est-ce qui m'a poussée à te suivre au bout du monde ? m'écrié-je, plus qu'exaspérée.

— Techniquement, Marseille n'est pas le bout du monde, mais pour une Audoise, je comprends que…

— Tu ne comprends RIEN ! FERME-LA ou je te jure que je ne me contrôlerai plus !

— Tu vas faire quoi ? dit-il en éclatant de rire.

C'est la goutte de pus qui fait déborder le vase de la connerie humaine. Sans réfléchir, je me baisse avec la rapidité de l'éclair, plonge mes mains en coupe dans l'eau glaciale du bassin, et lance une généreuse giclée dans sa direction.

— J'ai bon espoir que ça te réveille de ta stupidité, crétin !

À peine s'il tressaille !

— Tu crois vraiment qu'une pauvre gerbe glacée va me faire un quelconque effet ? En revanche… si tu veux qu'on prenne un bain ensemble, je suis partant…, dit-il d'un ton suggestif.

J'ouvre la bouche pour répliquer, mais…

— Je ne pense pas que Pia souhaite prendre un bain avec toi.

Sa voix. Celle que j'aime de tout mon cœur. Chaude, grave, toujours déterminée. Je la connais par cœur, elle devient légèrement plus aiguë seulement quand il rit. Victor… Je me retourne et l'aperçois qui contourne le bassin pour nous rejoindre. Mon pouls s'accélère, mes genoux jouent des castagnettes. Il vient de prendre ma défense. IL VIENT DE PRENDRE MA DÉFENSE, *CARA MIA* !

— Mais je me trompe peut-être ! ajoute-t-il en me lançant un regard interrogateur.

— Pas du tout, pas du tout, m'empressé-je de confirmer.

Il hoche la tête et se concentre sur Evan.

— C'est très clair : tu lui fous la paix et tu pars.

Evan le toise avec suffisance.

— Sinon quoi ? Tu vas me coller une raclée ?

— Ce n'est pas l'envie qui me manque mais l'idée d'effleurer ton œil dégueulasse me refroidit, réplique Victor du tac au tac.

— AH ! Toi aussi tu trouves ça écœurant ! dis-je sans pouvoir retenir un rire.

Victor m'adresse un clin d'œil et hausse les épaules.

— Évidemment ! Il pleure du pus, ton mec ! lance-t-il avec une grimace comique.

Je ne peux m'empêcher de renchérir, comme quand on était en classe ensemble et qu'on n'arrêtait pas de rebondir sur les propos de l'un et de l'autre. On gloussait, on gloussait. On avait beau se faire renvoyer par le prof, ça continuait de plus belle.

— Il ne rit pas jaune, il *pleure* jaune !

Victor hausse un sourcil amusé avant de rire, lui aussi.

— Et je suis l'horrible progression de cette larme depuis dix minutes ! ajouté-je avec emphase.

— Non, mais..., tente Evan, que nous ignorons royalement.

— Tu as tenu sans lui demander de l'essuyer ? Tu me déçois, Pia ! lance Victor, qui ne me lâche pas du regard. Ses yeux pétillent.

— Pardon, mais je devais aussi faire face à sa connerie ! Ça a accaparé toute mon attention. Au fait, Evan n'est plus mon mec.

Est-ce que le sourire de Victor s'élargit ou je rêve ?

— Vraiment ? Mais alors, la gastro...

— Je t'expliquerai. Parce que...

— OH ! JE SUIS LÀ, je vous signale ! intervient Evan, outré, qui essuie enfin sa joue... avant de frotter sa paume sur son jean.

Victor et moi suivons son geste avant d'être emportés par un fou rire monumental. Ce rire naît de ma gorge et éclate dans l'air frais comme une bulle. Il se mêle à celui de Victor, plus grave et chaud. Ces deux sons liés, c'est le bonheur pur.

— Vous êtes vraiment cons, tous les deux ! poursuit Evan avec un suprême mépris.

— On l'a toujours été ! rétorque Victor. Et on veille à entretenir soigneusement ce talent !

— Bon, Evan, ce n'est pas tout, mais si ces deux guignols qui ricanent comme des gamins ne te virent pas, je vais devoir m'en occuper, tranche Milo qui vient d'apparaître à nos côtés. Tu es sur une propriété privée, et pas n'importe laquelle : celle des Cabrera. On a l'habitude de canarder ceux qui s'invitent sans autorisation, comme notre arrière-grand-père nous l'a enseigné.

#mensonge

Evan nous regarde tour à tour, avant de se fixer sur moi. Son dédain s'est transformé en rage froide.

— De toute façon, Pia, je ne supportais pas ton côté bordélique. En plus, tu te fous de mon œil, mais sache que toi, quand tu te mouches, et crois-moi, tu le fais souvent, il te reste toujours de la morve au nez. Je ne te l'ai jamais dit pour ne pas te vexer. Mais maintenant, tu es au courant. Adieu !

À ces mots, il fait volte-face dignement, et s'en va comme un prince.

Nous le contemplons s'éloigner en silence, avant d'échanger un regard amusé. J'ai le cœur léger que Victor soit là, à mes côtés… mais un détail me chiffonne.

— Il ment quand il raconte que je m'essuie mal le nez, hein ?

Victor détourne les yeux alors que ses lèvres frémissent. Milo grimace.

— Je laisse à Victor le soin de répondre, dit-il avec malice. Moi, je vais chercher le petit mot que notre chère sœur m'a préparé.

WhatsApp – Cabrera Dream Team

Milo, 11 h 45

Oh la la, ce rapprochement ! Je sens qu'avant la fin de cette journée, Victor et toi allez conclure. Conclure, conclure. #sexedenoël

Albertina, 11 h 50

Cosa[1] ? Hein ? ? ? Qu'est-ce qui s'est passé ?

Milo, 11 h 51

Evan s'est pointé et, tel un chevalier du temps jadis, Victor l'a chassé de nos terres. Il a défendu l'honneur de sa belle.

1. Quoi ?

Albertina, 11 h 52

Ça va se terminer en : « ils se marièrent et eurent beaucoup d'enfants », tu crois ?

Milo, 11 h 52

Possible. Mais j'espère pas trop quand même. Les gosses me fatiguent.

Albertina, 11 h 53

Tu adores Juan !

Milo, 11 h 54

Depuis qu'il ne porte plus de couches et qu'il a arrêté de brailler ! #affreuxbébés

Albertina, 11 h 55

Tu gagatisais à mort quand il était petit.

Milo, 11 h 55

Si ça se trouve, je faisais semblant pour te faire plaisir ?

Milo, 11 h 56

Ou parce que tu me fais peur ?

Milo, 11 h 56

Ou parce que Marin m'a demandé de le faire par amour pour lui ? Et comme tu sais que je trouve ton mec hyper sexy et que je ne peux rien lui refuser…

Albertina, 11 h 56

Milo ?

Milo, 11 h 57

Oui ?

Albertina, 11 h 57

Tu me fatigues. Cherche ton petit papier et coupe WhatsApp.

Milo, 11 h 58

OK. Est-ce que tu peux me préparer un chocolat chaud vanille comme ceux de *mama* quand je rentrerai ? J'ai froid.

Albertina, 11 h 59

Je m'en occupe.

Milo, 11 h 59

Ti amo.

Albertina, 12 h

Ti amo, imbécile heureux.

Avant

Un mille-feuille à la crème à la vanille

J'ai été vexé de ne pas avoir la meilleure note à ce putain de mille-feuille, en cours de pratique culinaire. Alors j'ai fait venir Pia fissa pour qu'elle me tienne compagnie et j'ai ramé un après-midi entier pour réussir à la perfection cette recette à la con. Pia était assise sur le tabouret en hauteur, accoudée au comptoir. Elle tirait le saladier de crème pâtissière à elle et plongeait l'index dedans puis le léchait avec gourmandise. Pia a les doigts très fins. La main élégante. Le geste nerveux et assuré. Moi, j'étais là, à tourner la pâte, et je devais lutter pour ne pas la dévorer des yeux tellement elle était belle, avec son chignon en bataille, sa bouche ourlée et ses milliers de taches de rousseur. « J'adore ta crème à la vanille. » Je ne l'ai pas corrigée. Je n'ai pas répondu que c'était une crème pâtissière. Et pour moi, désormais, les éclairs que je préparerai seront toujours à la crème à la vanille. Les éclairs auront toujours la saveur de cette petite erreur.

Victor, 17 ans

Chapitre 12

Maintenant

Où un certain rapprochement se fait couper la route par un appel pressant, histoire de retarder les baisers tant attendus.

— Tu veux que je t'accompagne ? demande Victor une fois que nous sommes seuls.

OK, cette façon de ne pas rebondir sur les propos de Milo pour démentir farouchement l'accusation dont je suis victime me confirme que je me trimballe des loulous de Mickey aux narines après mouchage. #hontesuprême #passons

— Bien sûr !

— Quelle couleur, cette année ?

« Quelle couleur, cette année ? » a-t-il dit en riant, il y a trois ans. Victor restait à mes côtés lorsque je cherchais. Il ne m'aidait pas, ne donnait pas son avis, ne lisait pas par-dessus mon épaule quand je trouvais la lettre d'Albertina. Il y a trois ans, ma couleur était le jaune. Avec Victor, nous sommes partis du côté de l'allée, puis nous avons bifurqué dans le petit bois sauvage de la propriété, là où poussent les oliviers touffus qui rendent Marin fou. (Enfin, pas au début : il s'était mis en tête de monter une fabrique d'huile dans le garage. Branle-bas de combat, acharnement, échec cuisant. Depuis, il traque et ramasse chaque olive qui tombe de ces pauvres arbres et les jette rageusement, comme si elles étaient responsables du capotage de son projet.) Victor avait entraînement, ensuite : il portait un jogging gris et sa grosse veste Adidas rouge ainsi qu'une énième paire de baskets. Il en a des tonnes (il les collectionne) (et les range par couleur) (c'est sa petite tendance psychopathe). Ses cheveux étaient assez courts. Pour une fois, ils n'étaient pas en bataille. Ses extraordinaires iris pétillaient. Il était beau. Il était sûr de lui. Tellement différent du gamin que je martyrisais dans la cour de l'école. Tellement le même aussi. Je me souviens que son téléphone vibrait non-stop.

— Éteins-le. Ou au moins, mets-le en mode avion ! Qui te harcèle comme ça ?

J'ai dû fournir un effort surhumain pour le dire d'un ton léger. Il a pris son portable, a regardé l'écran et a haussé les épaules.

— Emeline.

— Emeline, comme Emeline la cousine de Greg ? Tu vas sortir avec Emeline ?

J'ai fait semblant de rire. J'ai pris soin de me détourner pour qu'il ne lise pas la détresse dans mes yeux.

— On verra ! a-t-il répondu, avant de me saisir par la taille et de me soulever comme si je ne pesais rien. Mais là n'est pas la question, ma petite Pia ! Allez, hop, au boulot, cherche ton papelard, et dégote-le vite fait, ça caille !

Je me suis agitée en riant et il m'a relâchée. Je l'ai regardé. J'ai eu l'envie soudaine de passer mon doigt sur ses sourcils épais et bien dessinés. Sur sa bouche ourlée. De poser ma paume sur sa barbe de trois jours, dans laquelle on trouve des reflets roux. Pourquoi je ne lui dirais pas maintenant, tout de suite, que je l'aime ? ai-je songé. Parce que c'est ton ami, a répliqué la voix de la raison. Il serait gêné. Ce serait la fin de ce « nous » sans lequel je ne pouvais vivre…

— Allons-y ! ai-je décrété en faisant volte-face pour marcher d'un air décidé, façon Dora l'exploratrice en mission.

Dora. Et lui, Babouche. Les meilleurs potes. BFF. Amis pour la vie. Est-ce que Dora se fout en couple avec Babouche ? Bien sûr que non. Je pensais à cette gamine horripilante quand j'ai trébuché. Je suis tombée et j'ai poussé un cri :

je m'étais fait mal au genou. Victor s'est baissé pour se mettre à ma hauteur. Il n'a pas ri. Il a caressé mon genou et m'a aidée à me relever.

C'est Victor, ça. Il sait rire quand il faut et ne rien dire quand il faut. Ses rires ne sont jamais contre moi. Il rit *avec* moi.

Je reviens au présent et à lui, devant moi. Il attend que je lui réponde.

— Violet, cette année.

— Va pour violet ! Où est-ce que tu veux commencer à chercher ?

— Le bois, par acquit de conscience, même si je suis certaine qu'Albertina l'a caché ailleurs.

— OK pour le petit bois.

Nous marchons lentement, côte à côte, au même rythme.

— Alors, Evan ? Fini ? Je n'ai pas bien compris. Hier, pourtant, vous étiez censés porter des pulls de Noël assortis.

— Avec deux rennes qui se font un bisou ?

— Deux rennes qui se font un bisou ET une envolée de cœurs rouges au-dessus d'eux.

Je ris doucement.

— Que vaut un bisou sans envolée de cœurs ? Non… Evan n'a pas de pull moche. En fait, il déteste Noël. Son unique effort a consisté à balancer une guirlande cheap sur l'unique plante verte de son appart.

— Et tu as tenu un an avec un mec qui hait la fête que tu adores le plus ? s'étonne-t-il.

— Il faut croire que oui…

Il fronce les sourcils, ouvre la bouche, s'apprête à dire quelque chose, mais se ravise. Je suis certaine qu'il voudrait me demander des éclaircissements sur sa présence ici et la date de notre rupture, mais il s'abstient, et je lui en suis reconnaissante.

— Et toi, avec Nelly ?

… Cette abrutie enfarinée, cette quiche des hauts sommets, cette biche dans laquelle sommeille un Voldemort puissance 1 000… J'ai vraiment envie de l'insulter à voix haute mais, dans un effort louable d'élégance, je demeure silencieuse.

— Oh ! Nelly et moi, c'est fini depuis un long moment, dit-il d'un ton détaché.

— Ah bon ?

Cette fois, je suis à deux doigts de danser la Macarena option fondu enchaîné avec un moonwalk de la mort. Je suis aussi sur le point de le canarder de questions, mais je me retiens héroïquement. Oui, c'est ça. Stoïque. Détachée. Fais un double nœud à ta langue, Pia, et ferme-la.

— Tu n'avais pas rendez-vous au pont jaune avec elle hier ?

Victor s'arrête net et je l'imite. Il fronce les sourcils en souriant.

— Pia-Mia… À ton avis, qui je peux bien venir voir au pont jaune le soir des feux d'artifice ?

Mon cœur se gonfle de joie et je m'apprête à lui demander de m'en dire plus, quand j'aperçois Marin, paré d'une *nouvelle* tenue extra-moulante. Cette fois, elle est rouge flamboyant. Elle brille aussi fort qu'une flambée de la Saint-Jean. Et… Sans déconner… elle n'aurait pas quelques paillettes, par-ci par-là ? J'ignorais que la mode, dans le domaine des fringues de marche athlétique, s'inspirait du style de Claude François ! Qu'est-ce qu'il est moulé, là-dedans, quand même. Vraiment. Et quand je dis vraiment… Soudain, la chanson d'Annie Cordy me (re)vient en tête : « Toi tu me donnes tes noix de coco, moi je te donne mes ananas… » Ses noix de coco sont très clairement *visibles*. Un peu trop, même. Sacrées protubérances. Et…

— Marin a l'air en colère, constate Victor, interrompant mes pensées couillesques.

En effet. Il se dirige vers l'allée d'un pas si tonique que Speedy Gonzales en pâlirait de jalousie. Il a la mâchoire aussi contractée que Hulk sous caféine. Il manie ses bâtons de marche comme des sabres laser. Quant à son visage… C'est simple : rouge, rouge, rouge. Un poêle à bois. Si on approche une tranche de fromage à raclette de sa joue, elle fond direct. Rien ne va plus. Je mets les mains en porte-voix et le hèle :

— Marin ! Marin !

Ignorance totale et absolue : je suis une crotte de bique

(ou de lapin, c'est encore plus insignifiant). Il accélère tellement que son déhanché défie celui de Beyoncé dans *Single Ladies*.

— Quelle mouche l'a piqué ?

— Aucune idée ! répond Victor, dubitatif. Après tout, si ça se trouve, il est juste concentré sur sa technique ? Tu te souviens d'Antoine, mon pote pâtissier avec qui j'étais en formation ?

— Oui, celui qui t'agaçait parce qu'il réussissait mieux les mille-feuilles que toi !

Victor se fige et me regarde, l'air faussement outré.

— Il ne réussissait pas *mieux* les mille-feuilles que moi !

— Il a eu 19. Toi, 18.

— La prof le trouvait sexy.

— Mauvaise foi !

— Pas du tout !

— Bien sûr que si. Cette prof, tu m'en as parlé : elle avait la soixantaine bien tassée et elle vivait en couple avec une certaine Géraldine, qui avait dix ans de moins qu'elle. Tu les avais croisées un jour sur la plage : voilà comment tu l'avais appris. Je ne pense donc pas qu'elle trouvait ton Antoine sexy !

Victor grogne.

— Tu te souviens de tout, hein !

Si tu savais, Victor… De cette note mal digérée, de ton week-end à bosser sur cette fameuse pâtisserie, des tonnes d'essais que j'ai dû goûter, de la façon dont tu chantonnais en travaillant la pâte, de la sensation de bien-être que je ressentais en te regardant. Je me rappelle des moindres détails : ta manière de chronométrer la cuisson (moi, je fais au feeling), de rincer les ustensiles avant de les mettre au lave-vaisselle (je les colle directement), de ne jamais manger la pâte crue (j'adore ça) et tant de choses.

— C'est le talent Cabrera.

— Ah ça…, murmure-t-il en plongeant ses yeux dans les miens.

Je m'agite, sautille sur un pied puis sur l'autre et reviens à Marin.

— Marin va mal, j'en suis certaine.

Est-ce qu'il a découvert la vérité à propos d'Albertina ? Est-ce que je devrais aller voir ma sœur ? Mais si je le fais, elle se doutera que je sais. Or, elle ne sait pas que je sais. Je pourrais lui envoyer un message, tiens ! « Tout se passe bien avec Marin que tu trompes allègrement et qui évacue sa colère en justaucorps rouge à paillettes ? » Non, je ne peux pas lui dire que je sais par message. Je dois trouver vite fait bien fait son mot et retourner fissa à la maison prendre la température.

— Bon, de toute façon, ce ne sont pas nos affaires. Concentrons-nous sur mon petit mot. Tu n'as pas une idée d'où il peut être ?

Victor lève les bras en signe d'ignorance.

— Je ne t'ai jamais aidée et ce n'est pas aujourd'hui que ça va commencer. Tu es une femme autonome et forte !

— OK, si tu le prends comme ça !

— Je le prends comme ça. Et plus tu cherches, plus tu as le temps de me raconter cette année marseillaise. Enfin, à moins que tu aies envie de m'envoyer bouler à coups de *Ti odio* ?

Je le pousse en riant.

— *Ti odio…*, chantonne-t-il en riant, lui aussi.

Et nous voilà tous les deux en train d'arpenter la propriété en discutant de tout et de rien. C'est à la fois improbable et totalement naturel. C'est quand nous arrivons à la terrasse où j'ai surpris Albertina que j'aperçois mon enveloppe, calée sous un pied de chaise. Je la récupère, la décachette et la lis à voix haute comme je l'ai toujours fait, car je n'avais aucun secret pour Victor, avant.

Ma petite Pia, mon tesoro. Je me souviens que, quand tu es née, tu fronçais tout le temps les sourcils. Ils étaient déjà noirs et bien visibles. Tu donnais l'impression d'être en colère contre le monde. Mais quand tu posais ton regard sur moi, ton visage s'apaisait. J'étais ton trésor, tu étais le mien. Tu le resteras toujours, parce que ton rire est un chant, ton caractère une eau revigorante, ta spontanéité une bouffée d'air frais. Je t'aime et je te souhaite un joyeux Noël.

Ma gorge se serre d'émotion. Je replie le papier avec soin et regarde Victor. Il hoche la tête.

— Elle n'a pas tort.

— Au sujet de quoi ? Du fait que j'ai l'air en colère ?

— À propos de tout le reste.

Je retiens mon souffle et me perds délicieusement dans la tendresse que je vois naître sur ses traits.

— Vraiment ?

— Bien sûr, je…

Mon téléphone se met à sonner alors que je suis pendue à ses lèvres. Mais pourquoi a-t-on inventé les portables ? Pour que leur sonnerie à la con nous fasse chier dans les meilleurs moments de notre vie ? Je fais comme si je ne l'entendais pas, mais Victor s'est interrompu pour de bon.

— Ton téléphone sonne.

— Pas grave ! affirmé-je d'une voix pathétiquement pressée.

J'attends que le son strident cesse.

— Tu disais… ?

On est bien d'accord qu'il se passe un truc, là ? Non ? Je ne suis pas folle. Victor ouvre la bouche (cette bouche extra-méga-sensuelle que j'aimerais embrasser), mais… mon portable se manifeste. Encore. Si cet appareil de malheur était vivant, je lui couperais la tête, direct. Victor grimace légèrement.

— Il sonne.

— Ah bon ? dis-je en faisant mine de ne pas entendre (quoi ? Je pourrais bien être insensible à certaines tonalités !).

— Pia, décroche ou coupe-le, mais fais quelque chose.

Je l'attrape dans ma poche et m'apprête à l'éteindre quand je vois le nom de Thaïs s'afficher sur l'écran. Je lance un regard d'excuse à Victor et prends l'appel. Thaïs et moi, on se répond toujours : c'est une règle sacrée et immuable.

Même si tu étais en pleine séance de sexe de folie avec Victor ? me souffle une petite voix perverse sortie tout droit du fond de mon cerveau en ébullition. Je la chasse de mon esprit, décroche et m'efforce d'être aimable.

— Allô, Thaïs ?

— Ah enfin ! Tu en as mis du temps ! Albertina ne répondait pas non plus. Je t'appelle parce que M. Bichou m'a contactée pour me signaler que Marin est devant sa porte et frappe comme un possédé en hurlant qu'il a saboté ses décorations de Noël. Pia, je crois que Marin a pété un plomb. Il a basculé du côté obscur de la force. Il faudrait que tu préviennes ta sœur et Milo et que vous arriviez avant moi pour le calmer. Je n'ai aucune envie de foutre ton beau-frère en garde à vue !

— Entendu ! Je m'en occupe ! dis-je, avant de la remercier et de raccrocher.

Victor me contemple en fronçant les sourcils.

— Marin disjoncte. Il faut que j'y aille.

Je me détourne, mais Victor saisit ma main, me retenant juste une seconde pour que je fasse volte-face. À son contact, je perds mon souffle.

— Il faut qu'*on* y aille, Pia. Je t'accompagne.

Nos regards se lient. Je hoche la tête. Il presse ma main avant de la relâcher. Et nous nous mettons en route.

WhatsApp – Cabrera Dream Team

Pia, 12 h 03

Thaïs vient de m'appeler. Marin est en train d'agresser M. Bichou à propos des décorations de Noël sabotées.

Milo, 12 h 04

? ? ? ? ? Agresser ? Agresser comme agresser ? Au couteau ? À l'arbalète ? Au fusil ? Aux cailloux argentés de Noël ? À la guirlande ?

Pia, 12 h 04

#pasdrôle. Rejoins-nous dehors et vite.

Albertina, 12 h 10

Quoi ? ? ? ? ? J'arrive.

Milo, 12 h 11

On y va en meute ? Ça fait pas un peu gang ? Je n'ai toujours pas trouvé mon petit mot ! Et je suis en pyjama de satin, sous mon manteau. Si je le tache avec du sang, je ne suis pas certain de pouvoir le récupérer.

Albertina, 12 h 12

RAMÈNE TON CUL SATINÉ direct !

Milo, 12 h 13

Mon Dieu, pourquoi tant de vulgarité majusculaire ? J'arrive !

Milo, 12 h 14

Au fait, Pia. « Nous » ? Le beau Victor et toi, vous êtes un « nous » ? Est-ce qu'il y a eu rapprochement ? Comme dans une comédie romantique de Noël ? #Netflix

Avant

Un milkshake mangue, orange, gousse de vanille, feuilles de menthe et zeste de cannelle

J'ai cassé le nez de Pia-Mia, aujourd'hui. Je lui ai véritablement cassé le nez pendant l'atelier rugby au collège. Ça a fait un crac monstrueux. Et c'était vraiment dégueu à voir, cet os qui sortait. Elle a voulu me hurler dessus, mais elle est tombée dans les pommes avant de pouvoir le faire. Sur le moment, j'ai été soulagé, parce que j'ai pensé qu'elle allait me tuer. Mais après… Les pompiers sont venus la chercher. Sa mère s'affolait, son père restait calme, Milo se marrait et Albertina n'arrêtait pas de regarder Pia d'un air inquiet. Moi, j'ai foncé chez moi. Je me suis dit que, quand elle en aurait fini avec les trucs médicaux, elle aurait envie de quelque chose de réconfortant et de bon. Et puis, lui offrir quelque chose m'aiderait à m'excuser. Je lui ai fait un milkshake à la mangue parce que c'est son fruit préféré et que, heureusement, j'avais de la glace à la mangue dans le frigo. J'ai mis de l'orange pour donner de la fraîcheur. J'ai fait infuser une gousse de vanille dans du lait. J'ai mixé des feuilles de menthe avec du sucre et de la cannelle, et hop. Dans un grand verre avec des pailles. Je lui ai amené à l'hôpital.

Victor, 13 ans

Chapitre 13

Maintenant

Où il est question d'un combat en tenue moulante et d'un aveu trop longtemps retenu. Parce que la colère donne souvent lieu à l'amour.

— Deux secondes ! On ne... court... pas... un marathon ! Attends-nous !

J'articule tant bien que mal en tâchant de suivre Victor qui fonce aussi vite que moi dans les rayons d'Inter quand il y a une promo Nutella « un acheté, un offert ». OK, l'avantage de cette situation intenable sur le plan physique (j'ai toujours eu du mal avec le concept de running : on souffre, on souffre et on souffre, tout ça pour ne même pas se rendre réellement quelque part dans un but précis) est que j'ai une vue imprenable sur les fesses et le dos de Victor. Bilan : fesses bombées, musclées à souhait. 21/20. Dos : carré, athlétique, sexy à fond. 22/20. *Perfezione !* J'en suis à me dire que je pourrais décéder sans regrets s'il le fallait, après avoir eu droit à cette vision idyllique... Mais le grognement d'Albertina me ramène sur terre. Je détache mon regard du corps de Victor (ça rime : corps Victor... sensuel à mort... Tout un poème !) pour me concentrer sur ma sœur. De son côté, c'est moins glamshine : elle a l'œil follement angoissé et hyperventile comme un lapin nain qui tente d'échapper à une meute de renards en pleine famine.

Malheur ! Une mèche s'est même enfuie de son chignon parfait ! Mais son air férocement déterminé prouve qu'elle arrivera chez M. Bichou sans nous claquer entre les doigts. Quant à Juan, qui nous a accompagnés parce que Albertina a décrété qu'on y allait en clan, il est à la traîne. Milo, lui, suit loin derrière d'un pas détendu, en mode promenade du dimanche. Est-ce qu'un jour dans sa vie il a ressenti de l'angoisse ? C'est dingue, cette nonchalance de chaque instant. Je… Oups ! Merde ! J'ai failli trébucher !

— Ça va, Pia ? demande Victor, qui a nettement ralenti pour revenir à notre hauteur.

Nous optons pour la marche, puisque nous arrivons au seuil de la propriété de M. Bichou, située en contrebas de la nôtre. À quoi allons-nous être confrontés ?

— Vous ne pensez quand même pas que Marin en viendra aux mains avec Bichou, la veille de Noël ? Parce qu'il m'avait l'air remonté comme un coucou, je vous l'assure !

— Je l'ai vu après qu'il s'est changé ce matin : sa tenue de lumière le rendait si majestueux ! ajoute Milo d'un ton aussi guilleret que s'il s'apprêtait à regarder *Les Bronzés font du ski*. Un Spider-Man saupoudré de paillettes… Albertina, le rouge lui va encore mieux que le bleu et rien que de l'imaginer les muscles bandés, et j'insiste sur le *bandés*, je…

— Arrête de fantasmer sur mon mec, Milo, c'est malsain ! répond Albertina avec impatience. Quant à toi, Pia, Marin ne ferait pas de mal à une mouche, même s'il les déteste ! Et…

Un hurlement de rage l'interrompt. Nous nous regardons. Pas de doute : c'est la voix de Marin. Le front de ma sœur se plisse d'inquiétude. Les yeux de Juan s'agrandissent de terreur. Même Milo étouffe un hoquet surpris.

— Il vaut mieux qu'on se dépêche, lance Victor avant de se remettre en marche.

Ou plutôt, en course. Mais cette fois, nous le suivons sans faiblir… jusqu'à arriver dans le jardin de M. Bichou. Soulagement : nous n'en sommes pas encore au pugilat. M. Bichou ne gît pas dans une flaque de sang, au côté de l'arme du crime : une guirlande multicolore #Cluedo… mais il y a de l'action, il y a du sport, il y a du suspense. Fulminant, Marin marche d'un pas très décidé (athlétique, devrais-je dire) vers l'une des somptueuses décorations d'extérieur de M. Bichou. Ce dernier le suit à petits pas de petit vieux en agitant les bras et en sanglotant. C'est assez pathétique et n'importe quel être vivant normalement constitué, excepté Hannibal Lecter, aurait pitié de ce pauvre papi en panique. Mais pas Marin. Non. Il se met à hurler d'un ton agressif :

— Vous avez coupé mes câbles d'alimentation, je vais couper les vôtres !

Ça, c'est de la menace ! Il s'arrête net, enlève son sac à dos de ses épaules, l'ouvre et en sort une énorme cisaille de tueur en série. Il la brandit avec une emphase digne d'un tragédien de grande envergure et fonce vers la première décoration qui se trouve sur son chemin : un bonhomme de neige bleu. Il se penche, saisit le câble… et s'apprête à commettre l'irréparable, quand M. Bichou, d'un bond spectaculaire pour un homme de son âge, se jette sur lui. Déséquilibre, roulé-boulé au sol et soupe de pieds et de mains est le spectacle qui s'offre à nous.

— Joli coup, Marin ! lance Victor avant de se mordre la lèvre d'un air coupable sous l'œil assassin d'Albertina, qui esquisse un pas pour aller les séparer.

Mais elle se ravise.

Milo ne semble pas plus décidé. Saisie d'une impulsion, ne suivant que mon instinct, je me jette dans la mêlée. Esprit de Philippe Etchebest, entre en moi, par pitié ! Pas celui de super cuistot qui envoie chier tout le monde, mais celui du grand rugbyman que tu étais ! Et en parlant de rugby… Alors que je m'agrippe au dos de Marin, je prie pour que mon nez sorte entier de cette sombre affaire.

Le souvenir me revient, incongru à cet instant, mais très net : en classe de quatrième, des ateliers de sport collectif ont été organisés au collège. Est venu le jour mémorable du rugby. On a joué un match et, dans le feu de l'action, Victor m'a donné un violent coup de coude dans le nez. Il y a eu un grand crac… une espèce d'explosion dans ma tête, de tout mon être. À côté de ça, être piqué par trente-quatre guêpes alors qu'une vipère vous plante ses crocs dans le talon d'Achille et qu'une armée de chenilles processionnaires dévalent vos épaules, c'est que dalle. Nada ! Je suis tombée dans les pommes et, lorsque je me suis réveillée, j'avais déjà été opérée. #magiedelapertedeconnaissance

Mes parents étaient là. Mon père remplissait frénétiquement son cahier de mots fléchés force ½ (il n'a jamais pu passer au niveau supérieur), ma mère me dévorait des yeux en marmonnant des prières en italien. Milo était assis à côté de moi. Quand il s'est aperçu que j'étais revenue dans le monde des vivants, il m'a demandé si ça allait. Puis il a palpité des narines très fort, juste pour me faire rire. J'ai pouffé mais, aussitôt, la douleur s'est réveillée. Albertina m'a murmuré un « Ça va ? » avant de pousser vers moi sa collection de magazines *Cosmopolitan*, qu'habituellement elle ne voulait jamais me prêter. Bien au-delà de la perspective d'avoir un nez en chou-fleur pour le restant de mes jours, j'avais vraiment l'impression d'avoir frôlé la mort. Et puis, il y a eu Victor. Il s'est approché du lit d'un air contrit. Il m'a tendu un grand verre avec une paille verte.

— Milkshake maison, a-t-il annoncé d'une voix hésitante. Mangue, orange, gousse de vanille, feuilles de menthe et un zeste de cannelle. Tu me diras ce que tu en penses.

Je lui ai souri. Et je l'ai vu, vraiment vu. Il avait les cheveux en bataille. Il portait encore sa tenue de rugby. Elle était sale. Sur ses joues, il y avait tant de taches de rousseur. Il était beau. J'ai pensé à ma vieille dégaine de survivante de l'Apocalypse, avec mon bandage sur le nez. Puis, je l'ai remercié et j'ai goûté. Le goût, délicieux, m'a fait sourire. Je lui ai fait signe d'avancer. Il a haussé les sourcils et s'est exécuté. J'ai embrassé sa joue toute froide. Il a hoché la tête, a reculé et a murmuré que sa mère l'attendait en bas. Et puis il est parti. Meilleur milkshake de toute ma vie. Je ne lui ai jamais demandé de m'en refaire… J'aurais dû. J'aurais dû lui dire tout ce que j'éprouvais, tout ce que j'ai toujours ressenti pour lui.

Je devrais le faire ce soir ! songé-je de manière tout à

fait inattendue alors que Marin, d'un geste involontaire, m'envoie valser.

— Pia ? s'exclame-t-il, l'air stupéfait. Je m'exc…

Mais il n'a pas le temps de finir sa phrase. M. Bichou, aveuglé par la colère, tend le bras et attrape au hasard… une grande mèche de mes cheveux dans le but infâme de secouer ma tête comme un prunier. En avant, en arrière, en avant, en arrière… C'est l'enfer.

— Lâchez-moi ! crié-je. Je ne suis pas Marin ! Je…

— Lâchez-la ! vocifère Marin en tentant de saisir la touffe qu'agrippe M. Bichou, ce qui a pour seul effet de me faire doublement souffrir le martyre.

Mon Dieu. Je le sens, je le sais : la peau de mon crâne s'apprête littéralement à se *décoller*. Ça va se produire. On pourra regarder *à l'intérieur* de ma boîte crânienne. Je finirai SCALPÉE. Je hurle de douleur.

— Cessez ça tout de suite.

À travers mes larmes, j'aperçois Victor qui repousse Marin en un éclair et attrape délicatement ma mèche pour la sauver des griffes de cet infernal retraité. Ouf ! Lui, au moins, adopte la bonne technique ! Mon bienfaiteur, mon héros !

— Stop, monsieur Bichou, arrêtez ! C'est Pia-Mia que vous maltraitez, là ! ordonne-t-il d'une voix super sonore et autoritaire.

M. Bichou semble revenir à lui et, enfin, me lâche.

Soulagement intense. Me voilà libérée, délivrée du cheveu, comme chanterait la Reine des neiges si elle était l'égérie de « Loweal, pawce que je le vaux bien ». Je tâte mon crâne pour voir si M. Bichou m'a véritablement arraché une touffe, tout en regardant autour de moi : tout le monde hurle et on est à la limite de l'empoignade générale. Albertina crie sur Marin qui crie sur M. Bichou. Victor retient mon beau-frère d'une main tout en me contemplant d'un air inquiet.

— On se calme ! m'exclamé-je alors qu'une magnifique gerbe de sang, comme une petite fontaine draculéenne, se projette devant moi.

#autopduglamour

— Oui ! Stop ! renchérit Victor, qui tend la main vers moi pour m'aider à me redresser.

D'un mouvement brusque, il m'attire contre son torse. Je m'appuie contre lui et sens ses biceps contractés (lui, c'est évident qu'il s'y tient, aux burpees et aux jumping jack et au gainage… contrairement à moi). Un délicieux frisson m'envahit, malgré la douleur capillaire qui, je le pense, me tyrannisera encore quelques jours. Je lève les yeux vers lui, il baisse les siens vers moi. Et je plonge dans ses iris clairs… Je…

— C'est LUI qui a commencé ! hurle M. Bichou d'une voix nasillarde ET stridente qui casse totalement la magie de mon moment contact-biceps avec Victor.

— Mais pas du tout, c'est VOUS qui avez saboté mes décorations de Noël parce que vous êtes jaloux de leur perfection !

— Jaloux ? Moi ? s'indigne Bichou.

— Est-ce qu'il m'a arraché une grosse touffe ? demandé-je avec angoisse à Milo.

Albertina a déjà rejoint Marin et M. Bichou, entre lesquels s'est interposé Victor pour maintenir une distance de sécurité respectable entre les deux assaillants.

— Je pense que tu vas devoir tout couper, en mode Annie Lennox. Remarque, ça irait bien avec ton petit visage en cœur, commente mon frère qui m'observe en se donnant l'air d'un coiffeur-visagiste de haut vol.

— Je crois que je vais te gifler ! grogné-je, excédée par son manque d'empathie.

— Arrête, Marin ! ordonne Albertina pile en même temps.

— J'ARRÊTERAI QUAND CE CRÉTIN AURA AVOUÉ ! se révolte mon beau-frère.

— Tata…, murmure Juan, qui me fait sursauter quand il saisit mon bras.

Je jette un coup d'œil vers lui, il me lance un regard atterré. Mon Dieu, suis-je si affreuse que ça ? Est-ce que je ressemble à ces vieilles poupées à moitié chauves qui hantent les vide-greniers ? Et les films d'horreur ? #Annabelle. Ceci dit, Annabelle a des cheveux, elle !

— J'ai appelé la police de toute façon ! hurle M. Bichou. Elle va arriver et vous coffrer ! Tous autant que vous êtes !

— La police, c'est Thaïs ! rétorque Marin, le visage congestionné par la colère. Jamais elle ne nous collera au trou ! Ha, ha, ha !

Son rire est carrément maléfique. Il est possédé. #Anabelle2leretour

— Je le sais, c'est bien pour ça que j'ai appelé les gendarmes !

Ouh ! Fourberie ! Sans cesser de tripoter mes cheveux, je note que Marin esquisse un mouvement de recul… Victor en profite pour le prendre par les épaules et l'éloigner.

— Allez, Marin. Tu t'en tapes. Tu as des câbles, tes décos sont éclairées et ce sont les plus belles. Tout va bien !

— C'est une question de principe !

— De principe ! C'est toi qui es jaloux ! crie M. Bichou qui devrait vraiment apprendre à se la fermer.

Marin s'arrête net, fait volte-face et lui fonce dessus. À qui appartiennent ces bras ? À qui appartiennent ces jambes ? Heureusement que Marin a son habit de lumière pour légèrement les différencier, parce que c'est un méli-mélo furieux. Et cette fois, qu'ils ne comptent pas sur moi pour les séparer. Victor s'y colle illico.

— STOP ! rugit Albertina avant de se diriger vers eux.

Marin se fige un instant, la regarde et pousse un grognement sauvage.

— Toi, je te jure que tu n'as pas intérêt à t'approcher ! ! !

Merda, merda, merda, il semblerait que Marin soit aussi en colère contre Albertina. C'est la première fois que je le vois lui parler aussi sèchement, de manière aussi autoritaire. *Mama mia !* Il a compris qu'elle le trompait, c'est certain. #Noëldel'angoisse. Après une seconde d'hésitation, Albertina s'exécute. Pendant ce temps, M. Bichou donne de petits coups de pied de poulet dans les jambes de Victor, qui lui lance un regard assassin. Marin tend le bras et en profite pour administrer une calotte à M. Bichou par-dessus l'épaule de Victor et…

— Ça suffit ! rugit soudain Juan. ASSEZ !

Sa jeune voix paniquée nous interrompt tout net. Tout le monde se met sur pause.

— C'est ma faute ! lâche Juan avant d'enfoncer les mains dans ses poches et de baisser la tête.

Silence. Incompréhension.

— Qu'est-ce que tu racontes ? commence Albertina d'un ton protecteur.

— C'est ma faute, reprend-il plus doucement. Marin, c'est moi qui ai coupé les câbles.

Marin ouvre, ferme, ouvre, ferme la bouche puis il se gratte la tempe, la mine perplexe, et triture sa barbe.

— Mais enfin, pourquoi ? demande-t-il, l'air ébahi et blessé.

— Pourquoi ? l'imite Albertina, qui s'est rapprochée de lui, alors que Juan recule.

— Parce que ! rétorque-t-il d'un ton buté.

— Explique-nous, insiste ma sœur.

Juan secoue la tête puis détourne les yeux, avant de les planter dans ceux de Marin.

— Je vous ai entendus, hier, annonce-t-il.

Immédiatement, je repense à mon traumatisme, qui est sans doute le même que le sien. Et je me revois annoncer la même chose à mes parents à son âge : « Je vous ai entendus ! » Mon Dieu, je visualise nettement la scène. Moi, dans mon lit qui n'arrive pas à dormir. Les « oh oui, oh oui » de ma mère qui semblait au paradis, alors que je souffrais le martyre d'imaginer mes deux vieux parents, si raisonnables, s'envoyer en l'air. Et moi, le lendemain, qui prends mon courage à deux mains pour leur avouer que je les avais entendus afin que ça ne se reproduise plus jamais, jamais, jamais. Mon Dieu, à ce souvenir, mes oreilles saignent encore. Otite du sexe parental. Surdité souhaitée puissance 400 000.

— Je compatis, dis-je avec douceur. Entendre ses parents faire du bon vieux sexe, ça craint, et ça risque de te traumatiser à vie, voire de te conduire à une légère dépression, mais tu t'en sortiras. Je suis passée par là.

Juan ne semble pas comprendre. Albertina fronce les

sourcils. Le visage de Marin prend la même couleur que sa tenue.

— Je vous ai entendus parler du bébé, lance Juan d'une voix vibrante.

— Du bé… quoi ? m'exclamé-je.

Albertina et Marin échangent un regard intense. Je lâche un soupir de soulagement et un rire heureux envahit tout mon être. Tout s'éclaire ! Albertina et son histoire de rendez-vous… Gynéco ! Le ton autoritaire de Marin quand il lui a dit de ne pas s'approcher de la mêlée… C'était pour protéger la future maman !

— Vous étiez dans la cuisine, vous en avez parlé. Vous allez avoir un bébé, poursuit-il d'une voix brisée.

Albertina le rejoint et passe le bras autour de son épaule avec une tendresse inouïe.

— Oui. Mais toi, Juan, pourquoi tu es malheureux ?

Juan secoue la tête et plante ses yeux dans ceux de Marin.

— Parce que ce sera le vôtre, alors que moi…

Marin rougit, se mord les lèvres, au bord des larmes. À son tour, il s'approche de Juan.

— Je voulais justement t'en parler, Juan. Ça fait longtemps que je compte le faire.

Albertina saisit les mains des deux hommes de sa vie, alors que Marin poursuit d'une voix émue :

— Et te proposer de prendre mon nom. Enfin, si ça te convient, si tu en as envie.

— Pssst, chuchote Milo à mon oreille. Hashtag dénouement heureux ! Il ne manque plus que tu roules une pelle à Victor et on est à fond dans la comédie romantique de Noël, là !

— Chut ! murmuré-je.

— Je ne compte pas me marier avec toi, Marin ! dit Juan d'un ton perplexe.

Marin et Albertina éclatent de rire.

— Je veux t'adopter. Je veux que, officiellement, tu sois mon fils même si, en vérité, pas besoin de ça. Je t'ai toujours considéré comme tel.

Juan lève les yeux vers lui. La pureté de son visage,

l'amour qui illumine chacun de ses traits… Un grand sourire étire ses lèvres alors qu'il hoche la tête.

— J'étais jaloux et en colère contre toi, alors j'ai coupé tes câbles. Depuis, je m'en veux et…

— Aucune importance. Je les ai remplacés.

— Ah ! C'est ce que je disais ! intervient Victor, satisfait d'avoir le dernier mot. Beaucoup de bruit pour rien !

Tout le monde rit (sauf M. Bichou qui a fait volte-face d'un air agacé et retourne chez lui en marmonnant que nous sommes fous). Mais Victor, lui, me regarde. Il me regarde, pour de bon, vraiment, et l'immense sourire qu'il m'adresse entre dans mon cœur à la manière d'un ouragan de bonheur.

WhatsApp – Cabrera Dream Team

Milo, 19 h 10

Je suis en train de me faire beau pour ce soir. Je vais vous faire de l'ombre, les filles. Je mets mon costume en daim vert bouteille.

Albertina, 19 h 11

BG ! Moi, ma robe fourreau grise lamée.

Milo, 19 h 12

Profite, tant qu'il en est encore temps. #baleineéchouéeiscoming

Pia, 19 h 13

Tu abuses, Milo. La dernière fois, Albertina ne ressemblait pas à une baleine échouée.

Albertina, 19 h 14

Merci, Pia.

Pia, 19 h 18

C'était plutôt #cachalotéchoué

Albertina, 19 h 19

Vous pouvez toujours vous brosser pour être parrain et marraine !

Milo, 19 h 20

Tu es tellement peu convaincante. Bon, comment va Juan ?

Albertina, 19 h 22

Il est heureux. Il commence déjà à proposer des noms pour le bébé. Si c'est un garçon, Juanito. Si c'est une fille, Juanita.

Milo, 19 h 25

Mais de qui peut-il bien tenir cet égocentrisme familial ? #toi

Pia, 19 h 30

Je crois que je vais dire à Victor que je l'aime.

Albertina, 19 h 32

NON ? ? ? ? ? ? ? ENFIN ! ! ! ! ! ! !

Milo, 19 h 33

OUI ! ! ! ! ! ! ! ! ! ENFIN ! ! ! ! !

Pia, 19 h 33

Mais je n'ose pas.

Milo, 19 h 34

Fonce Alphonse !

Albertina, 19 h 35

Ose, magicien d'Oz !

Milo, 19 h 36

Tu pourras lancer un audio discrètos qu'on puisse suivre en direct ?

Pia, 19 h 37

Pffffff. Allez, laissez-moi me préparer.

Milo, 19 h 40

Rase-toi les jambes. On sait jamais, s'il te prend brutalement dans la foulée.

Albertina, 19 h 42

J'espère que tu as des préservatifs ?

Pia, 19 h 42

Dois-je vraiment répondre ?

Avant

Du prosecco léger et fruité, tout simplement

Aujourd'hui, Pia a volé une bouteille de prosecco dans la cave de ses parents. On s'est rejoints à la plage des Chalets, tout au bout, vers la jetée, et on l'a bue en discutant. La mer était agitée, il y avait du vent. Pia avait les cheveux relâchés et des mèches venaient me chatouiller le nez. Elle me racontait des tas de trucs dont je me foutais. Je ne faisais que la regarder. À la fin, quand elle parlait, je sentais l'alcool dans son haleine, son parfum mêlé à celui des Hollywood menthe poivrée qu'elle mâchait souvent. Le goût du bonheur, de l'espoir qu'un jour elle m'appartienne. On serait deux vieux et on partagerait une bouteille, chez nous, en se racontant nos petites histoires.

Victor, 15 ans

Chapitre 14

Maintenant

Où l'amour rencontre l'amour. Parce que c'était l'évidence.

— On est tellement heureux d'être ici pour Noël, soupire Joce d'un ton ravi, avant d'embrasser la joue de Renan, qui lui malaxe les fesses tout en admirant le grand pin si délicatement décoré par Marin.

— Je ressens la même chose, dis-je. Je suis de retour après un an, et c'est magique. Et attendez, vous allez vous régaler avec le menu que vous a préparé Victor !

— Ça oui ! renchérit Renan. Bisque de tourteaux, homard à l'américaine et bûche à l'orange. Et pour terminer… Je pense que je prendrai une Joce en digestif.

Prendre une Joce en digestif… Mon Dieu, l'allusion fait frétiller l'intéressée comme un Findus dans une poêle, alors que moi je meurs en les imaginant s'y donner à fond les ballons, bien joyeusement, dans MON lit. Ou sur MA table. À moins que ce ne soit dans MON canapé. Sur ma machine à laver ? #visiond'angoisse

— Sinon, nous avons une excellente manzana. Je peux vous en apporter une bouteille, si vous voulez. Ou deux ! Même trois, soyons fous !

Tout pour qu'ils ne tentent pas un missionnaire chez moi… ou pire, un 69, ou PIRE, une levrette ! Merde, voilà que tout le *Kâma-Sûtra* me revient en tête. Quoi qu'il en soit, ils ne m'écoutent pas. La manzana ne fait pas le poids face à leur amour. Collés-serrés, ils se sourient bêtement en se murmurant des « mon amour » et des « pour toujours ».

Je décide donc de m'éclipser et me rends tout droit chez Albertina. Je ne frappe pas. J'entre silencieusement et prends le temps d'observer la scène. Albertina, vêtue de sa belle robe fourreau dont les heures sont comptées, boit une gorgée de jus de tomate en jetant un œil critique sur le plateau de charcuterie posé devant elle, sur le comptoir de la cuisine : saucisson au fenouil, jambon à la truffe… Je sais ce qu'elle a prévu et ce sera un régal. Albertina refuse toujours qu'on l'aide, mais accepte quand même de nous dévoiler ce qu'on va manger.

Primi piatti : *Linguine con calamari, agio e limone*. Les pâtes, le citron et les calmars. Un régal…

Secondi piatti : Involtini di pesce spada, ces délicieuses roulades d'espadon au parmesan. Et la sauce. Perfection ! Mélange ail, origan, persil, citron, huile d'olive…

Elle a seulement gardé le secret pour le dessert : *semiffredo*[1] ou *pannetono*[2]… Quoi qu'il en soit, j'en ai l'eau à la bouche.

Juan et Marin sont assis sur de hauts tabourets, en face d'elle. Ils sont penchés sur le smartphone de Juan et rient aux éclats en observant l'écran. Marin relève la tête et contemple Albertina. Son visage s'illumine d'une tendresse délicieuse. Milo, lui, est au milieu du salon, somptueux dans son costume vert foncé. Il tient une bouteille de prosecco à la main. Elle est ouverte. C'est son excentricité à lui, de boire au goulot le soir du réveillon. Il a les yeux fermés et danse tout seul, très doucement, au son de *Can't Help Falling in Love*, d'Elvis Presley. Il fait bon, ça sent bon : le sucre, l'alcool, le poisson, l'épine de pin, les parfums mêlés des uns et des autres. C'est Noël chez moi, dans ma famille, là où je dois être. L'émotion me serre la gorge.

1. Dessert glacé.
2. Brioche fourrée aux raisins secs, fruits confits et zestes d'agrumes.

— Coucou ! dis-je d'un ton joyeux, après m'être ressaisie.

Je contemple le pin, sous lequel se trouvent une dizaine de cadeaux emballés dans des papiers multicolores. Heureusement que j'ai eu le temps d'aller faire du shopping de dernière minute hier, après le scandale de la lutte contre M. Bichou !

Albertina me lance un baiser. Juan et Marin, à nouveau penchés sur le smartphone tous les deux, me saluent vaguement. Milo ouvre un œil, puis l'autre, et me fait signe de le rejoindre en souriant. Je me débarrasse de ma veste et fonce dans son étreinte. Il sent bon. Chanel depuis toujours. Dans ses bras, et alors que nous dansons lentement, tout devient envisageable. Milo a le don de me transmettre de l'espoir. Demain, j'irai voir Victor. Je lui avouerai que je l'aime… et quoi ? Dans le meilleur des cas, soyons fous, il me dit qu'il m'aime, lui aussi. Je serai heureuse, enfin. Dans le pire des scénarios, il me remet les idées en place à la sauce : « Ma pauvre vieille Pia, tu t'es fait des films, tu as fantasmé à mort, ressaisis-toi… Il n'y a jamais rien eu entre nous, il n'y aura jamais rien, pour la simple et bonne raison que tu es une bonne vieille pote qui laisse toujours un loulou traîner au coin de sa narine quand elle se mouche. » Ce sera enfer et damnation, déprime et tequila, orgueil labouré et zéro foi en l'amour pour l'éternité et au-delà. Mais, quoi qu'il en soit, j'aurai assumé, je me serai comportée en adulte responsable qui exprime ses sentiments. S'il me rejette, peut-être que je pourrai tourner la page et envisager de passer à autre chose.

— Il te dira qu'il t'aime, s'il est malin, chuchote Milo à mon oreille comme s'il avait lu dans mes pensées, avant de s'écarter pour me faire tournoyer, encore et encore.

#dirtydancing #nausée

— Je pense que, si tu n'arrêtes pas tout de suite, je vais te vomir dessus !

Milo me lâche dans la seconde, ce qui a pour effet de me déséquilibrer, mais je me rattrape de justesse à ses épaules, et lui souris. Il m'adresse un clin d'œil et pointe le pin de Noël du doigt.

— On essaye de deviner les cadeaux ?

— Évidemment !

Chaque année, depuis qu'on est petits, on tente de prédire ce qu'on nous a offert juste en observant les emballages. Pas le droit de toucher, seulement de regarder. Ça rendait *mama* folle…

— Pas le droit de toucher ! Juste de regarder ! s'écrie Albertina d'un ton agacé, en nous voyant faire.

Ça rend Albertina folle. Milo et moi rions avant de nous pencher sur les présents entassés sous l'arbre.

— Le long paquet pour Marin : bâtons de marche athlétique.

— À paillettes, j'espère ! s'esclaffe Milo, qui fronce soudain les sourcils. Attends ! Il y a un souci. Tu en as un de plus que moi. Scandale !

Depuis toujours, c'est une tradition familiale, tout le monde a le même nombre de cadeaux. Je fais le compte : il a raison.

— Albertina ! s'écrie Milo. Pourquoi ma sœur, qui s'est barrée pendant un an sans même un au revoir, a un paquet de plus que moi ? Injustice !

Albertina lève les yeux du calzone au foie gras qu'elle est en train de couper en tranches fines. Elle saisit un torchon, s'essuie les mains, et nous rejoint. Elle m'adresse un regard tendre et me sourit. Puis, elle me prend par la taille et approche sa bouche de mon oreille.

— *Mia cara*, c'est Victor qui a déposé celui-là, juste pour toi, chuchote-t-elle. Il m'a dit de bien insister sur le fait que tu devrais l'ouvrir à 2 heures du matin. Pas avant, et pas après.

J'en ai le souffle coupé et j'attrape sa main pour la serrer très fort. Il se produit quelque chose. Nous sommes le 24 décembre. Et 2 heures, c'est l'heure qui me paraissait si sombre, avant qu'on ne passe nos réveillons pendus au bout du fil. Avant, quand il y avait un « nous deux », quand il m'accompagnait tout au long de la nuit, qu'il la rendait lumineuse. Est-ce qu'il m'aime ? Ou est-ce qu'il veut seulement recoller les morceaux d'une amitié brisée ?

Et, question cruciale : comment vais-je tenir jusqu'à 2 heures du matin ? Épreuve, challenge, défi. Pire que de danser la Macarena en armure de chevalier. Pire que de manger un risotto pas assez cuit. Pire que d'arrêter de se ronger les ongles ET de se passer de fromage, d'une pierre deux coups. Pire que tout, surmonté d'un glaçage de pire que tout.

— *Toi et moi dans le même bermuda, c'est l'amour,* chantonne Milo en tapotant mon crâne. Ça va être affreux pour toi de tenir jusqu'à 2 heures. Si tu veux, tu peux tricher et l'ouvrir maintenant, devant nous : je ne te dénoncerai pas.

— Mais moi, si ! proteste Albertina. Elle attendra.

— Ça pourrait être mon cadeau de Noël ? M'autoriser à tricher et…

— Hors de question ! rétorque-t-elle d'un ton sans appel.

— Rabat-joie, marmonne Milo.

— Trouble-fête, renchéris-je.

— Immatures ! Allez, hop. Venez. On va prendre l'apéritif. Ça te fera le plus grand bien, Pia, me lance Albertina en riant. Tu boiras pour moi, tiens.

— Même pas une petite coupe pour toi ? demande Milo.

— C'est inenvisageable, enceinte !

Je fronce les sourcils :

— Mais tu t'en es donné à cœur joie, le soir de mon retour. Non ?

— Absolument pas ! J'ai rempli mon verre, certes, mais je n'en ai pas bu une goutte. Et comme vous êtes tous les deux des êtres incroyablement égocentriques, j'étais persuadée que vous ne remarqueriez rien !

— Égocentriques ? Nous ?

— Tout à fait, Milo ! Pas vrai, Pia ?

— Elle n'a pas tort ! remarqué-je d'un ton absent, en tâchant de me raccrocher à eux, alors que je ne pense et ne vois que le paquet bleu ciel sous le sapin.

Celui de Victor.

— Allez ! dit Albertina en me donnant une tape sur les fesses, avant de nous entraîner vers le comptoir. Que la fête commence !

Marin se lève et sert un verre à tout le monde, sauf à Milo, qui tient à rester au goulot. Puis, Albertina sort d'un torchon les cinq gressins qu'elle a façonnés de différentes tailles. Elle nous les propose et, comme chaque année, nous tirons à la courte paille. C'est Juan qui tombe sur le plus petit gressin.

— À toi de faire le discours, *tesoro*, annonce Albertina.

Juan souffle bruyamment, mais ses yeux pétillent et il esquisse un sourire ravi.

— 1, 2, 1, 2, commence-t-il en tapotant son gressin comme si c'était un micro. Bon, heu… Alors, voilà. Je vous aime, et je vous souhaite un joyeux réveillon.

— Hein ? s'exclame Milo en prenant un air faussement scandalisé. « Je vous aime et je vous souhaite un bon réveillon » ? Tu vas nous laisser sur notre faim comme ça ? Un peu d'inventivité, de développement, de passion dans ton discours, jeune homme ! Si tu veux épater les filles, il faudra…

— J'ai épaté les filles ! proteste Juan en riant, avant de rougir. Enfin, une en particulier.

— Laura ? Ça y est ? Tu as conclu ?

Milo brandit un poing victorieux et esquisse une danse de la joie ridiculement réussie.

— Voilà ce que j'aime chez toi, *lo zio*[1]. Tu es heureux quand je suis heureux et tu m'écoutes tout le temps. Tu t'intéresses, pas juste pour me faire plaisir. Tu suis ce qui m'arrive, tu le vis avec moi.

Un silence. Milo tend la main pour caresser sa joue.

— Et toi, Pia… Tu m'as manqué, cette année. Je t'en ai voulu de nous avoir laissés, parce que avec toi j'ai quarante-cinq fous rires dans la journée.

— *Angelo mio*[2], chuchoté-je avant de l'étreindre très fort.

— *Mama*, tu es la plus énervante, la plus autoritaire et la plus parfaite des *mama*s. Jamais sans toi. Marin… Marin. Papa.

1. Tonton.
2. Mon ange.

Marin et Albertina fondent sur lui pour le câliner.

— Presque ! murmure Milo, qui me regarde en souriant. Tu pleures presque.

Et nous trinquons. Au 24 décembre. Au réveillon de Noël. À la famille et à l'amour.

Crêpe Suzette dans mon lit. Je me tourne et me retourne. Côté pile, côté face. Aucune position n'est confortable et je trépigne en écoutant Juan ronfler paisiblement. Le portable greffé à la main, je ne cesse de vérifier l'heure. 1 h 03… 1 h 03… 1 h 03. C'est fou comme une minute peut passer lentement… 1 h 15… 1 h 30… 1 h 40… Allez, 1 h 40, c'est pratiquement 2 heures. Non ? À vingt minutes près… Ne soyons pas rigides. L'un dans l'autre, vingt misérables minutes, ce n'est rien. Deux fois le temps de cuisson des spaghettis. Go ! Comme si j'étais la digne héritière d'une ninja, je repousse mes draps sans faire de bruit et quitte mon lit. Je sors de la chambre, dévale l'escalier. Je m'approche du pin et des cadeaux que nous ouvrirons tous ensemble demain. Tous sauf un : un seul, celui de Victor. Je saisis le paquet d'une main tremblante. Le papier est beau, épais, mais l'emballage est tellement mal fait…

Victor n'a jamais su faire quelque chose de correct. Il commence par plier soigneusement le papier, puis s'agace quand il en arrive aux angles. Je me souviens quand il est parti en stage de foot à Manchester. On avait quatorze ans. À son retour, il m'a tendu un paquet merdique, emballé n'importe comment, avec des bouts de scotch partout. Il m'a dit : « C'est moche mais, à l'intérieur, c'est beau. » C'était un porte-clés boule à neige. J'adorais les boules à neige à l'époque. J'étais folle de joie. Je lui ai sauté dans les bras. J'ai eu envie de l'embrasser. Il a haussé les épaules et on est passés à autre chose. Longtemps, j'ai gardé ce porte-clés. Je l'ai perdu quand j'avais vingt ans. Je rentrais de boîte, accompagnée d'un certain Anthony qui promettait de me faire vivre une nuit torride. J'ai fouillé dans mon sac pour prendre mes clés et j'ai réalisé que le porte-clés s'était cassé. La petite boule à neige avait disparu. Elle était en mauvais état : il n'y avait plus de liquide dedans, elle était très rayée, mais jamais je ne m'en serais séparée. Je suis devenue folle. J'ai dit à cet Anthony-qui-promettait-de-me-faire-passer-une-nuit-torride de dégager sur-le-champ. J'ai fouillé ma voiture, je me suis tapé le trajet jusqu'au Cubana. J'ai cherché partout sur le parking. J'ai laissé un mot sous la porte de la boîte avec mon numéro au cas où une femme de ménage la retrouve. Je ne l'ai jamais retrouvée.

Qu'est-ce que ce sera, cette fois ? Je retourne le paquet, le caresse, le palpe… et déchire le papier. Une liasse de feuilles toutes différentes s'échappent et s'étalent sur le sol. Il y en a de toutes sortes : grand format à petits carreaux, petit format à grands carreaux. Des blanches, des froissées et des lisses. Sur l'une d'elles, il y a un post-it. Dessus, l'écriture de gaucher de Victor :

Pia, lis tout et j'espère que tu comprendras tout.

Émue, ne comprenant pas, commençant à comprendre, le cœur battant la chamade, le sourire aux lèvres, je m'installe par terre, puis attrape un premier papier :

Une sardine grillée aux herbes de Provence

Aujourd'hui, c'était mon premier jour d'école. J'étais le petit nouveau et j'avais très peur. La première personne qui m'a parlé, c'est une fille de ma classe. Elle s'appelle Pia-Mia. À la récré, elle m'a dit : « Si tu me files pas ton goûter, je mettrai des asticots dans ton T-shirt. J'ai un élevage à la maison. Ils passeront par ton nombril et te dévoreront de l'intérieur. » J'ai sacrifié mon goûter spécial du vendredi : deux BN à la vanille et trois carrés de Merveilles du Monde. Je déteste Pia. C'est une brute. Si Pia était de la nourriture, elle serait une sardine. C'est fort, ça reste entre les dents. Je n'aime pas les sardines, même si elles ont des écailles qui brillent au soleil. Ça fait des reflets bleus, violets, gris.

Ça brille comme des paillettes. Un peu comme les yeux de Pia-Mia.

La nourriture. La nourriture et moi. Il écrivait sur moi ? « Un peu comme les yeux de Pia Mia… » J'étais une brute, oui. Et lui me trouvait belle ? Je le trouvais déjà beau. La gorge serrée, je saisis un autre feuillet :

Un cookie aux pépites de chocolat blanc et au caramel beurre salé, juste tiède, qui a refroidi sur la table à l'ombre du grand pin de mon jardin

Aujourd'hui, Pia-Mia a bien voulu jouer avec moi. Elle a pris toutes les chenilles qui rampaient à la queue leu leu dans la cour de récré et elle me les a collées sur les bras, les jambes et dans le cou : c'était pour me décorer. J'ai eu très mal, et je suis allé à l'hôpital. Maman m'a dit que ce qu'elle avait fait était grave, car les poils des chenilles processionnaires sont très irritants. Elle ne veut plus que je parle à Pia-Mia, elle pense que c'est « une graine de mafieuse ». Je n'ai pas compris ce que ça voulait dire et, de toute façon, je m'en fiche. Pia-Mia a voulu jouer avec moi ! Enfin ! Je trouve que son jeu était drôle, moi. Pia-Mia a toujours de bonnes idées. Pia-Mia est encore plus géniale qu'un cookie aux pépites de chocolat blanc et au caramel beurre salé. Les cookies que maman m'a appris à faire. Ils sentent bon, et le meilleur, c'est de les manger tièdes, quand ils ont refroidi sur la table de notre jardin, à l'ombre du grand pin. C'est comme si l'arbre et les cigales leur donnaient encore plus de goût. Oui, Pia-Mia est comme un cookie.

Un cookie… Cette nourriture qu'il aime tant.

Moi… qu'il aime tant ?

Je continue, encore et encore. Le jour où je l'ai invité à jouer à la maison… L'apéritif de nos parents et le cocktail raté… La veille de Noël, les lunes à la vanille… Il était heureux avec moi. La barbe à papa à la fraise pendant les spectacles de Monster Truck.

Il m'aimait ?

Le fiasco du match de ballon prisonnier, notre première dispute… Une tartine briochée au Nutella et au beurre saupoudrée de sucre glace et plongée dans un chocolat chaud. Il a décidé d'embrasser Nelly.

Est-ce qu'il m'aimait ?

Il m'aime. Il m'aime et il a voulu me le dire.

Un tiramisu aux éclats de macaron framboise. Pourquoi ne l'a-t-il pas fait ? Le vin chaud trop épicé et les churros trop gras après les feux d'artifice… Nelly a découvert ces petits mots. Elle a compris qu'il m'aimait. La bûche glacée…

Je m'arrête un instant et réfléchis, puis y vois plus clair. C'est sûrement après ça qu'elle est venue à l'atelier et m'a dit toutes ces choses. Mon Dieu, tout ce qu'elle m'a raconté… Elle a affirmé que Victor avait partagé nos moments avec elle, qu'il s'était moqué de moi. Mais si elle avait menti ? Si elle n'avait parlé que de ce qu'elle a lu, juste dans le but de me faire du mal ? Elle me connaît : elle savait très bien comment je réagirais. Je refuserais d'écouter Victor. Je serais en colère. Mes joues s'enflamment. La baguette de pain, ma fuite avec Evan… Et le silence.

Je ferme les yeux. Si je devais mettre des mots sur ce que je ressens, j'en serais incapable. C'est indescriptible. Le soulagement immense de lire qu'il m'aime. Mon amour qui explose. L'envie de le voir. L'envie de le voir. Le voir, oui. Je me lève d'un bond et tourne sur moi-même trois fois, désemparée. Est-ce que je dois prendre le temps de m'habiller ? Je porte un jogging. De me maquiller ? Je dois avoir la paupière en berne. De me coiffer ? Ma tresse ressemble à un filet de pêche qui a zoné six heures en mer agitée. Je devrais. Mais l'impatience fait battre mes tempes follement. Alors je fonce dans le vestibule, attrape mon manteau, l'enfile à la va-vite, enroule une écharpe autour de mon cou. Celle de Marin, je crois.

Je tourne la clé dans la porte, l'ouvre à la volée, et me précipite dehors pour heurter avec violence… Un mur ? Le souffle coupé, je lève la tête. Victor. Pile là.

— Cette fois, tu n'hésites pas entre entrer et sortir ? murmure-t-il de sa voix grave et légèrement moqueuse.

Je le contemple un instant, me remplis de lui, de sa présence. Je ne respire plus, je respire.

— J'ai tout lu, chuchoté-je en plongeant mes yeux dans les siens.

— Et ?

— Et je me demande comment c'est possible. Comment ? Tu m'aimais ?

Il hausse les épaules et m'offre un sourire lumineux, celui qui creuse ses fossettes.

— Toujours et depuis le début. Écoute-moi. Toi, je ne sais pas ce que tu éprouves mais, moi, il faut que je te dise tout. Je ne peux plus garder ça pour moi. D'ailleurs, j'ai été con de ne pas le faire avant, crois-moi.

— Je…

— Chut ! soupire-t-il. Laisse-moi parler. Et tu me diras ensuite de rester ou de partir. Tu m'expliqueras quoi faire. Pia, je t'ai aimée à la seconde où tu m'as maltraité, quand j'étais le petit nouveau de l'école. Je n'ai pas pensé une seconde que tu étais folle, même si, entre toi et moi, je peux te jurer que tu l'es…

Un rire grave lui échappe. Je le dévore des yeux.

— … C'est moi qui étais fou de toi. Tu aurais pu tout me faire. Tu as tout fait, d'ailleurs. Tes chenilles processionnaires… Tu es dure, Pia, tu le sais ? Quand je te voyais avec d'autres mecs, au collège, j'avais envie de leur foutre mon poing dans la gueule. Et plus tard… Je ne t'en parle pas. Pia. J'étais ton meilleur ami. Je voulais tout te dire, mais je voulais te garder, à tout prix. Donc je devais me taire.

— Et Nelly…

Ma voix n'est qu'un filet. Je ne désire qu'une chose : le prendre dans mes bras, l'embrasser… mais je dois savoir.

— Nelly, oui. Il fallait bien que je me remette de toi,

Pia. Alors Nelly. Nelly était jolie, moins que toi. Nelly m'aimait, bien plus que toi. Je pensais qu'elle m'aiderait à t'oublier.

Son regard, un instant, se durcit.

— Ça n'a pas marché. Le soir où je l'ai embrassée, j'ai senti que je n'y arriverais pas. Le lendemain, je voulais venir te retrouver et tout t'expliquer Je suis sorti de chez moi et Nelly était là. Elle m'a souri, elle m'a avoué qu'elle était amoureuse de moi depuis le lycée, que la veille, en la serrant dans mes bras, j'avais fait son bonheur. Que j'avais accompli ce qu'elle désirait depuis si longtemps. J'ai pensé à toi. J'ai pensé que tu ne me dirais jamais ça.

— Mais je…

Victor pose son index sur mes lèvres.

— Attends, murmure-t-il. Alors je l'ai emmenée boire un café et j'ai fait en sorte de tirer un trait sur toi. J'ai rangé tous ces mots à propos de toi, bien soigneusement. J'ai tenté d'être heureux avec Nelly. Ça a plus ou moins fonctionné. Elle a découvert les mots, Pia. Elle a compris.

— Victor, s'il te plaît, deux secondes : est-ce que tu lui as parlé de nous ? De tout ça avant qu'elle trouve les mots ?

— Jamais, assure-t-il en plongeant ses yeux dans les miens.

Il ne ment pas.

— Je suis venu te voir au garage et on s'est disputés. Ça a été la fin.

Sa voix se brise. Je m'approche. Un instant, je l'observe. Sa bouche charnue, sa barbe de trois jours, les poils roux. Ses cils épais. La couleur étrange de ses yeux. Son nez parfait, un peu long. Ses cheveux fous. Lui, lui, lui.

— Nelly était passée avant. Elle m'a parlé de nos moments, à nous, et m'a dit que tu t'en moquais. Que tu lui avais confié que tu te fichais de moi. Que nos réveillons de Noël au téléphone, tu ne les supportais plus.

Il secoue la tête et soupire.

— Pia… Jamais. Regarde, je suis là.

— Je devais attendre 2 heures.

— Je savais que tu ne tiendrais pas. Et je veux te donner le dernier mot.

Il déplie sa paume et me le tend. Je le saisis. Il est chaud. Je le lis silencieusement, puis à voix haute. Deux fois pour m'en imprégner.

Tu as le goût de tout. Des plats les plus fins, les plus simples, les plus beaux. Tu as le goût de la magie d'un repas réussi. Je t'aime.

Un ébranlement. Une vague de soulagement et de plaisir. Ça me réchauffe, ça me dévaste d'amour. Et sur ma joue…

— Tu pleures, Pia ? Enfin ? demande-t-il avant d'essuyer la larme qui roule désormais sur mon menton.

Je pleure.

— *Sono pazza di te.*

— Tu me traduis ?

— Je suis folle de toi. Je t'aime. Je t'ai toujours aimé et je n'ai jamais osé te le dire. Je t'oubliais dans d'autres bras. Et je suis partie avec Evan par chagrin, pour me remettre de toi. Sauf que ça n'arrivera jamais. Victor… Si tu savais.

— Je sais, répond-il en enlaçant ma taille. Pia. Je t'aime.

— Je t'aime.

À ces mots, retenus si longtemps, enfin échangés, nous nous rapprochons encore. Gros plan sur ses taches de rousseur et ses formidables iris. Et nos lèvres se joignent. La douceur, l'ivresse. Nos langues, la chaleur, le long, très long frisson. Un baiser renversant.

WhatsApp – Cabrera Dream Team

Milo, 2 h 10

Alors ? Aloooooooors ? Que contient ce fameux paquet ? Une invitation à vous envoyer en l'air ?

Un aller simple pour l'amour ? Une croisière pour le paradis de la passion ? #loveisintheair

Albertina, 2 h 15

J'avoue que, moi aussi, je suis intriguée… J'ai mis mon réveil exprès pour te demander en direct live, mais Milo m'a devancée.

Milo, 2 h 16

Rapide comme un petit lièvre.

Albertina, 2 h 17

Curieux comme une vieille commère de village.

Milo, 2 h 40

Pia ?

Albertina, 2 h 40

Pia ?

Milo, 2 h 50

Piiiiia !

Albertina, 2 h 51

Tu ne peux pas nous laisser dans l'incertitude.

Milo, 2 h 55

Elle est cruelle. Puisque c'est ça, demain, je reprends le cadeau que je lui ai offert. Et toi, Albertina ? Comment tu vas la punir ?

Milo, 2 h 56

Albertina ?

Milo, 2 h 59

Vous faites chier, hein. #seulaumonde #délaissé

Maintenant

Matin de Noël. Premier Noël sans souffrir, mon amour. Pia, tu m'as dit que tu m'aimais depuis tout ce temps. Je ne cuisine pas. C'est ta sœur qui aime s'en charger. Mais tu es tous les plats que j'affectionne, Pia. Tu es mon délice. Et je te rejoins.

Victor, 25 ans

Chapitre 15

Maintenant

Où une étoile volée catapulte Noël dans une dimension cauchemardesque, afin d'éprouver les nerfs d'un futur papa.

Le matin de Noël… Celui-là a un parfum inédit et je le savoure particulièrement. Il a le goût de Victor.

— Hop, hop, hop, tout le monde ! On sort ses fesses du canapé, et on va dehors pour la photo devant le pin de Noël ! s'exclame Albertina en tapant dans ses mains, telle une cheftaine.

— Les femmes enceintes ne sont pas censées être crevées, pendant leur premier trimestre de grossesse ? demandé-je.

— Pas les Cabrera ! s'enorgueillit Albertina.

Parfois, elle me fait vraiment penser à Tigrou, dans *Winnie l'ourson*, qui disait tout le temps : « C'est ce que les tigres font le mieux. »

— Une seconde ! Juste une !

Aucune envie de bouger d'ici : c'est le bonheur parfait. Je suis sur le canapé du salon, dans les bras de Victor, en train de feuilleter le livre que m'a offert Juan : *La Mécanique à travers les âges.* Je vais adorer le lire, mais pour le moment je ne suis pas du tout concentrée. Je savoure la sensation du corps de Victor contre le mien. Je chéris la vibration de son épaule contre mon bras quand il rit. J'ai enfin l'impression d'être à ma place. Depuis tout ce temps !

— Pia ? Est-ce que toi et Victor vous comptez vous aussi faire un bébé ? demande Juan, installé par terre sur le tapis, à nos pieds, le regard rivé sur sa nouvelle Xbox.

Je manque de m'étouffer, alors que Victor éclate de rire.

— Pitié, non ! s'écrie Milo, une fesse posée sur l'accoudoir du fauteuil en face de nous, et qui se met à rouler des yeux paniqués. Ça ferait bien trop de braillements et de couches nauséabondes d'un coup ! Pitié, Victor, attendez un peu !

— Et toi, Milo, quand est-ce que tu auras enfin une relation sérieuse ? intervient Marin. Que ce soit une femme ou un homme, trouve-toi quelqu'un et présente-le ou présente-la-nous !

Milo hausse les épaules, se lève et effectue une élégante pirouette sur lui-même.

— Hors de question. Je suis heureux tout seul. Qui a décrété que dans la vie le bonheur était de trouver l'âme sœur ?

— Nous !

Victor et moi avons répondu d'une même voix. Nous rions doucement et il dépose un baiser sur mon front.

— Voilà ! poursuit Milo avec emphase. Tout ce que je ne veux pas ! Ce regard niais, cette complicité dégoulinante… Franchement, Victor : redeviens l'entraîneur dur et sexy que tu étais. Et toi, Pia, la femme volontaire et indépendante que j'admirais. Vous ressemblez à deux chamallows… C'est effrayant !

— Ou très agréable, s'entête Marin.

— Non, ce n'est pas fait pour moi. Mon âme sœur, c'est vous tous ! Et pour le reste… eh bien, je préfère m'encanailler sans attaches.

— Il est incorrigible ! intervient Albertina qui nous a rejoints et enlace Marin. Mais je suis d'accord pour dire que vous êtes tous mes âmes sœurs… Mais des âmes sœurs particulièrement mollassonnes. Allez, venez, c'est l'heure de la photo sous le grand pin.

Avec Milo, nous soupirons allègrement avant de nous

exécuter. Chaque année, c'est la tradition, Albertina y tient : il faut faire une photo le matin de Noël sous le grand pin. Une où l'on sourit. L'autre où l'on prend des poses ridicules.

Brouhaha et légère bousculade dans le vestibule alors que tout le monde enfile manteaux, écharpes et gants. Puis, nous sortons. Je frissonne sous le vent glacial de décembre et, aussitôt, Victor saisit ma main et l'enfouit, enlacée à la sienne, dans la poche de sa veste.

Il a déjà eu ce geste. Il m'avait retourné le cœur. On avait dix-sept ans et on avait décidé d'aller à un concert à Saint-Pierre-la-Mer. C'était Beirut, j'adorais ce groupe, impossible de les rater. Milo avait gracieusement accepté de nous prêter son scooter. C'était Victor qui conduisait, sans casque, comme d'habitude. Il n'arrêtait pas de parler, ce soir-là. Il me racontait en détail comment il avait réussi à cuisiner une bisque de homard parfaite, en atelier. Moi, je répondais par monosyllabes en grelottant. Il faisait si froid que j'avais l'impression que j'allais perdre mon nez. Victor m'a demandé si je me sentais bien. Je lui ai dit que je gelais et j'ai effleuré sa joue avec mes doigts glacés. Il a détaché une main du guidon, a pris ma main droite, l'a glissée dans sa poche de veste et l'a enveloppée dans la sienne, toute chaude. Au bout de cinq minutes, il a fait la même chose avec ma main gauche. Quand j'y repense… J'ai été si touchée que je suis restée silencieuse, immobile, pour ne rien briser. Ce geste tout simple m'émeut encore au-delà des mots.

— Je suis heureux, Pia, murmure-t-il à mon oreille, de sa voix chantante et grave.

— Moi aussi…

— Et moi, je suis enchanté que vous soyez heureux ! conclut Milo, juste derrière nous, qui éclate de rire. Hop, hop, hop, accélérez le rythme, qu'on en finisse au plus vite avec cette séance photo de malheur !

Nous pressons le pas pour rejoindre Marin et Juan qui sont déjà postés devant le grand pin et…

Un hurlement sinistre déchire le silence. Marin ! Ce cri guttural est sorti tout droit de la gorge de Marin, qui pointe du doigt le sommet du grand pin. Sommet étrangement vide. Sommet auquel il manque l'étoile de Noël. LA fameuse étoile de Noël. Celle que *nonnina* a offerte à *mama* qui à son tour l'a donnée à Albertina. L'inimitable étoile de Noël, frappée du sceau des Cabrera. Celle sans qui un pin de Noël n'est pas un pin de Noël. #scandale

Marin tombe à genoux et lève les bras au ciel, comme si une malédiction divine s'abattait sur lui, et nous le rejoignons dans la seconde.

— C'est impossible, impossible, impossible ! marmonne-t-il en se balançant, comme si on l'avait perdu et qu'il s'était définitivement échappé dans le monde affreux de la tragédie des décorations de Noël sabotées.

— Marin, calme-toi, *amore mio*, lui chuchote Albertina, qui s'est baissée pour lui tapoter l'épaule.

Elle nous lance un regard ébahi. Juan se gratte le crâne, perplexe.

— Attends, Marin, ne t'affole pas. Elle a dû tomber, avec ce mistral de folie. Laisse-moi faire le tour et vérifier, dit Milo.

Il esquisse un pas mais Marin, tel Terminator, saisit son bras d'une poigne de fer. Mon frère esquisse une grimace douloureuse, alors que Marin pose sur lui un regard sévère (et légèrement psychotique).

— J'attache l'étoile au pin de manière à ce qu'elle ne s'envole ou ne tombe jamais. JA-MAIS ! Tu m'entends ? Quelqu'un l'a piquée ! Le sort s'acharne !

Par réflexe, Milo et moi nous tournons vers Juan, qui ouvre grands les yeux et lève les mains en l'air en signe d'innocence.

— Ah non, cette fois, je vous jure que je n'y suis pour rien ! Je suis parfaitement cool avec le fait d'avoir un frère ou une sœur, tant qu'on ne me demande pas de faire du baby-sitting ! Et puis comment je ferais pour grimper aussi haut ? Je suis pas Superman, moi !

— Évidemment que ce n'est pas toi, *tesoro* ! s'exclame Albertina.

— Juan marque un point : comment le saboteur a-t-il pu grimper si haut ? s'interroge Victor.

— Peut-être que c'est l'œuvre d'une mouette ? reprend Albertina. Si ça se trouve, ces volatiles ont un sens de l'esthétique plus développé qu'on ne le croit ? Oui, voilà : une mouette est passée, elle a vu ce truc qui brillait et elle l'a pris pour garnir son nid ? C'est plausible, n'est-ce pas ? Et c'est une très belle reconversion pour notre étoile de Noël, pas vrai ?

À ces mots, elle nous lance une œillade appuyée pour qu'on acquiesce. Sans l'ombre d'un doute, elle souhaite apaiser Marin qui est au bord de la crise de nerfs et éviter de transformer ce mystère en affaire d'État.

Nous y allons tous de notre oui, absolument, parfaitement, c'est clair, grave, mais cela n'a guère d'effet sur Marin, qui se lève d'un bond et se frappe le front avec une ardeur démentielle.

— Je SAIS ! C'est M. Bichou ! Il a voulu se venger, car je l'ai accusé d'avoir saboté mes décorations.

— Oui, tu t'es aussi battu avec lui ! ajoute Juan.

— Et c'est reparti pour un tour, soupire Milo, mi-atterré, mi-hilare.

— Je vais lui régler son compte ! s'écrie Marin, que Victor retient par le bras.

— Pas le jour de Noël !

Je m'apprête à renchérir quand, soudain, je suis distraite par un mouvement, sur ma droite. Tiens ? Joce et Renan sortent de chez moi, emmitouflés et armés de leurs bagages.

— Ils s'en vont déjà ? demandé-je parce que 1) ça me surprend et 2) ça peut être une bonne technique de changer de sujet pour occuper Marin.

— Qui ? rétorque Albertina.

— Joce et Renan ! Ils ne devaient pas rester cinq jours ?

— Bien sûr que si !

— Ohé ! Joce, Renan !

Je les hèle dans l'espoir qu'ils nous rejoignent. Toute aide supplémentaire sera la bienvenue pour empêcher Marin d'aller régler son compte à M. Bichou. Mais ils ne m'entendent pas. Je hausse d'un ton. Ils se retournent enfin et nous adressent un rapide signe de la main.

— Attendez ! crie Albertina. Vous partez ?

Peut-être qu'on leur a fait peur, avec mon karaoké de la haine, avec notre enquête ridicule… Peut-être qu'ils ont pensé qu'on était une famille peu fréquentable ? Voire carrément tarée ? Étrange… Ils semblaient pourtant savourer leur séjour.

— Ils doivent nous rendre les clés ! dit Milo, qui presse le pas pour les rejoindre.

Je l'accompagne, ainsi qu'Albertina, qui a ordonné silencieusement à Victor de gérer Marin.

— Vous nous quittez déjà ? s'enquiert Milo, une fois que nous sommes auprès d'eux.

Renan et Joce échangent un regard furtif.

— Oui… Oui, nous avons finalement choisi de passer Noël chez les parents de Joce.

— Oh ! vraiment ? demande Albertina. J'ose espérer que nous ne vous avons pas fait fuir !

— Absolument pas, assure Joce d'un ton pressé.

— Vous en êtes sûre ? insiste Milo.

— Oui. C'est juste que mes parents sont… heu… malades. Tous les deux. Et que nous avons décidé de les rejoindre.

— Oh non ! Rassurez-moi, ce n'est pas grave ?

— Gastro ! répond Joce.

— Angine ! rétorque Renan au même moment.

#pipeau

— Laissez-moi vous aider, je vous en prie, propose Albertina, qui semble avoir comme moi compris que quelque chose de pas net se trame ici.

Quand elle tend les mains vers les bagages de Joce et Renan, ceux-ci ont un mouvement de recul. Ils ont quelque chose à se reprocher, c'est évident.

— Enfin, laissez-moi faire ! répète ma sœur, qui se la joue très à cheval sur la politesse, mais un brin terrifiante en même temps.

— Non, c'est bon ! répond Joce en reculant.

— Écoutez, acceptez qu'elle vous aide, vous voyez

bien que ça lui fait plaisir ! interviens-je en retenant l'un des paquets que porte Joce, un sac en plastique que je tire vers nous.

Joce le tire vers elle d'un geste brusque qui me projette en avant. Mais je ne lâche rien. Je m'agrippe et m'acharne. Toutes ces luttes que je mène depuis quelques jours ! Incroyable.

— Laissez-nous faire, enfin !

— Voilà pourquoi nous partons ! s'exclame Renan d'un ton outré. Vous êtes tous fous, tout de même !

— C'est… exactement… ça ! lance Joce, qui serre les dents dans l'effort.

Elle peut y mettre tout son cœur, je m'en suis toujours bien sortie au jeu de la corde, à la kermesse de l'école. Je bande mes muscles, prends mon souffle et insiste… jusqu'à ce que le sac se déchire… et laisse apparaître…

— *Ostrega*[1] *!* s'écrie Albertina.

— Incroyable ! renchérit Milo.

— NON ! m'écrié-je.

La pointe de notre étoile familiale apparaît. Ce sont EUX les voleurs. Ce gentil petit couple d'obsédés nous a *volé* notre étoile !

— Marin ! Victor ! Juan ! Venez ! s'exclame Milo.

Thaïs serait tellement jalouse de la rapidité avec laquelle j'ai démasqué les coupables ! #jepeuxmereconvertir

— Mais… Mais pourquoi ? demande Marin, qui semble anéanti… ou en colère… ou déçu.

Un mix des trois.

Renan et Joce échangent un regard gêné, avant que cette dernière baisse la tête.

— Nous nous excusons, dit-elle d'un ton doux.

— Elle essaye de nous amadouer ! m'exclamé-je. Faites gaffe, elle s'apprête à s'enfuir en sprintant avec notre étoile.

À ces mots, je la récupère et la serre jalousement contre moi. Victor étouffe un rire, avant de me caresser la nuque.

— Vous allez nous expliquer tout de suite ce qui vous a pris ! exige Albertina d'une voix autoritaire.

1. Mince alors.

— D'accord, d'accord…, obtempère Joce. Je vous ai raconté que, quand j'ai rencontré Renan, lui était un vilain garçon, alors que moi j'étais une fille de bonne famille. J'étais gâtée, j'avais tout ce que je voulais.

— Mais moi, complète l'intéressé, mes parents étaient des cas, je n'avais pas de sous, rien ! Je travaillais à droite à gauche. Et puis il y a eu Joce. Elle m'a tourné la tête comme jamais. Je suis tombé amoureux à la minute où je l'ai vue et je lui ai promis de lui décrocher la lune.

— Ce soir-là, il ne m'a pas décroché la lune, mais a dérobé pour moi une petite chouette tout en haut d'un carrousel.

— C'était mon premier « cadeau ». J'avais un peu honte, mais bon, j'étais comme ça, à l'époque.

— J'ai toujours gardé cette chouette. Renan a trouvé un travail stable, il se montre exemplaire… sauf le 25 décembre, jour de notre rencontre, où il me vole quelque chose proche de la lune.

— Et cette année, murmuré-je, c'est tombé sur notre étoile.

Renan acquiesce. Joce nous regarde un à un.

— Moi, je pense que c'est trop beau ! s'exclame Juan. C'est carrément la classe. Ça a un côté romantique et rebelle en même temps. C'est stylé. Je valide.

— Moi aussi, renchérit Victor.

— Je dois avouer que moi aussi, dis-je.

Albertina jette un œil à Marin, et lui donne un coup de coude. Celui-ci hausse les épaules et grimace.

— Moi, je considère ça comme malhonnête et agaçant, mais je suis prêt à passer l'éponge, du moment que plus personne ne sabote mes décorations ! conclut-il, alors que nous l'applaudissons.

— Quand je disais qu'on était tombés dans une comédie romantique de Noël, s'esclaffe Milo. Là, pour clore le spectacle, il faudrait juste qu'un mec sexy arrive par hasard par ici et que hop, ce soit l'amour de ma vie !

— Et pourquoi pas ? murmure Albertina avant de tendre la main pour caresser sa joue.

Un silence agréable s'installe. Nous nous sourions. Tendresse, bien-être et plaisir.

— Bon. On va s'en occuper, de cette photo ? reprend soudain Albertina d'un ton énergique. Et Joce, Renan, vous restez, bien sûr ! Vous mangerez avec nous, ce midi.

Victor serre ma main dans la sienne. Et nous suivons Albertina, entourés de ma famille. Un sentiment de bonheur pur m'envahit. Celui d'être parfaitement à ma place et d'avoir obtenu absolument tout ce dont je rêvais, après tant de temps, après tant de souffrances, après tant d'amour et de tendresse inavoués.

WhatsApp – Cabrera Dream Team

Milo, 23 h 15

C'était un Noël magique. Plein d'imprévus, et magique.

Albertina, 23 h 16

Magique.

Pia, 23 h 17

Magique.

Milo, 23 h 18

#onnesefoulepaspourlarecherchedadjectifs

Pia, 23 h 30

Parce que tu es notre modèle et notre héros.

Milo, 23 h 35

Tellement.

Pia, 23 h 36

Je crois que je ne lancerai pas de code lasagne avant très longtemps. Je suis heureuse.

Milo, 23 h 36

Alors je le suis.

Albertina, 23 h 36

Già, anche io sono[1].

1. Oui, moi aussi.

Épilogue

Un an plus tard

— Cette année, je vais gagner ! affirmé-je en regardant Milo d'un air fier.

— Cette année, comme d'habitude, ton interprétation sera une catastrophe ! rétorque Milo en gloussant. Mais tu feras mieux que l'an dernier. *Ti odiooooo !*

Un rire m'échappe quand je repense à ma version spécialement dédiée à Victor…

— Tu me détestais, mon amour ? demande-t-il en m'enlaçant.

Je me dresse sur la pointe des pieds et chuchote à son oreille :

— Suis-moi, *mio caro*[1]…

Je prends sa main, contourne le canapé et fais un clin d'œil à Juan, installé confortablement sur le large fauteuil qui lui fait face. Le petit Benito, quatre mois, dort profondément contre le torse de son grand frère, qui l'adore littéralement. Nous passons devant Albertina et Marin, occupés à préparer les plats qui accompagneront notre karaoké spécial Noël de ce soir. Victor m'observe en fronçant les sourcils.

— Qu'est-ce qui t'arrive, Pia-Mia ?

— Attends !

Je l'entraîne dans le vestibule, lui montre sa veste accrochée au portemanteau, lui enjoins de l'enfiler, prends

1. Mon chéri.

la mienne et l'imite. Puis, j'ouvre la porte d'entrée et le pousse doucement sur le perron. L'air intrigué, il ne me quitte pas du regard.

Je saisis son visage en coupe dans mes mains et le contemple en souriant. Il me sourit, lui aussi. Ses yeux pétillent, pleins d'amour.

— Bon… Tu entres ou tu sors ? murmure-t-il.

Le souvenir de l'an dernier me revient très précisément, quand je pensais qu'il ne m'aimait pas, tandis que moi je l'aimais désespérément et sans retour…

— C'est toi qui me demandes ça, alors que je suis chez moi ?

— Techniquement, tu…

— Victor ?

— Oui, mon amour ?

— Je suis enceinte.

À ces mots, ses yeux s'agrandissent de joie. Son sourire s'élargit et le bonheur envahit chacun de ses traits. Il hoche la tête, trop ému pour dire quoi que ce soit, et m'embrasse avec une douceur inouïe, là sur ce perron qui nous a vus nous disputer bêtement alors que nous étions, et que nous serons toujours, faits l'un pour l'autre. Irrémédiablement.

Remerciements

Merci à l'équipe HarperCollins pour sa confiance.

Merci à Marie pour sa patience (le 8, ça va bien jusqu'à minuit, hein ? 😊).

Merci au confinement, qui m'a permis de me plonger dans la magie de Noël alors que la période n'y était pas propice.

Merci à WhatsApp, inépuisable source d'inspiration !

Merci à mon frère pour ses blagues débiles et à Élisabeth, pour sa présence douce et bienveillante ; à mes parents adorés, et aux amis : merci pour les fous-rires WhatsApp, Reno, Amé, Manue, Fanny et les pieds, Lu, Mel et son cigare !

Vous avez aimé
Joyeux Noël et laisse-moi tranquille ! ?
Découvrez *Pour Noël, j'apporte le dessert (et un mec !)*

Tournez vite la page pour découvrir un extrait !

Planté de stylo

Salle de réunion.
Rédaction de Oups, lol, mdr magazine

— L'article me semble pertinent et d'actualité, Gina, conclut mon boss (M. Gasifana, Joseph pour les intimes). Nos lectrices sont des jeunes femmes indépendantes et fortes : c'est primordial de leur parler de consentement et de self-défense.

Si Joseph n'avait pas soixante-quinze ans, qu'il n'était pas en adoration devant son épouse, qu'il n'arborait pas une moustache à la Dalí (on dirait un petit animal noir et luisant qui bouge en rythme avec ses paroles) et qu'il n'était pas un ami de la famille, je pourrais l'épouser.

— Mais j'aimerais avoir ton avis, Djonatane, poursuit-il. Tu es le seul de l'équipe à ne pas avoir pipé mot alors que tu partages la rubrique Psycho avec Gina ! Le numéro de février sort dans deux mois et il nous reste quinze jours avant le départ chez l'imprimeur pour le peaufiner… Un mot d'ordre : perfection. *Oups magazine* doit rester LE mensuel le plus acheté par la tranche 18-23 ans, malgré l'arrivée de *Woman Power*, qui s'est offert une très belle mise en avant dans les tabacs et les bureaux de presse…

Djonatane, alias le Mal (et pas le Mâle), alias pire-personne-de-l'univers-et-ça-inclut-tous-les-méchants-de-toutes-les-séries-Netflix-que-je-regarde, esquisse une mimique faussement gênée.

Évidemment qu'il est muet, cette espèce de *palhaço*[1] ! Ce descendant de J. R. dans Dallas prêt à tout pour atteindre son but ! Ce requin aux dents étincelantes, à la mèche blonde gominée, aux yeux émeraude bordés de longs cils lui donnant un air tendre (alors qu'il est aussi doux qu'une chips Brets au piment d'Espelette) ! Djonatane dont les parents – va savoir pourquoi – ont décidé de faire un affront à tous les Jonathan peuplant cette Terre… Djonatane qui ne transpire jamais ; une fois, Joseph nous a offert une journée restaurant-tennis pour renforcer les liens dans l'équipe de rédaction. *Meu Deus*[2] *!* Il faisait 40 degrés et je jure sur ma grand-mère Conception Maria Beatriz Dores qu'il n'a pas perdu une microgoutte de sueur. Djonatane qui ne hausse jamais la voix, cette voix de velours, grave et harmonieuse, qui sait pourtant comment vous pousser à bout…

Je déteste Djonatane. Ce mec n'est pas humain. Peut-être que c'est un alien infiltré, d'ailleurs. J'aimerais bien voir son sang. Je parie qu'il est vert.

— Mais bien sûr, Joseph, répond-il enfin.

Il esquisse un horrible petit sourire pédant et suffisant, et fait lentement, lentement, pivoter sa chaise dans ma direction. Elle grince de manière menaçante. Silence. Silence pesant.

Il me dévisage. *Je tiendrai bon !*

Je le dévisage.

J'ai follement envie de cligner des yeux, mais je ne le ferai pas, quitte à ce que ma lentille de contact se dessèche comme une limace en plein cœur du Sahara. Ah ! Tiens, j'ai cru voir sa bouche tressaillir. *Et ouais, mon vieux !* Je ne céderai pas, dussé-je devenir aveugle ! Il hausse un sourcil (à la courbe parfaite, que c'est agaçant !). Je peux presque entendre le décompte : 3, 2, 1… avant qu'il dégaine. On y est : il lève la tête vers ma présentation, affichée sur l'écran géant au-dessus de nous.

— Ce projet de dossier psycho est… comment dire… Voyons…

1. « Clown », en portugais.
2. « Mon Dieu ! »

Il tapote sa joue avec son stylo, arborant toujours cette mine faussement contrite.

— … raté, assène-t-il avec une délectation perceptible.

— Raté ? s'offusque Olivia, qui s'occupe de la rubrique Mode et Beauté.

Djonatane ne lui accorde pas un regard et se contente de balayer l'air de la main pour la faire taire, comme on chasse une mouche importune. Un moustique insistant. Un pigeon relou.

Un rire bref lui échappe alors qu'il dévisage l'assemblée.

— Je m'explique avant que la meute me morde : Gina, tu proposes un article sur la manière de rembarrer les mecs irrespectueux. L'idée n'est pas mauvaise en soi. C'est féministe, très #MeToo. Oui, le projet de départ est même… bon.

Il déglutit péniblement : il a fourni un effort monumental pour me gratifier d'un compliment.

— Malheureusement, tu manques de mesure. Quand, par exemple, tu suggères de mettre un coup de pied bien senti dans les couilles des emmerdeurs ou…

— Je n'ai pas employé ce mot vulgaire. J'ai utilisé : *bijoux de famille*. Et pour ta gouverne, je parlais des cours de self-défense.

— Évidemment, concède Djonatane avec un sourire mielleux. Mais il faut reformuler tes phrases car le style manque de finesse. Tu parais… agressive avec les hommes. Ta frustration sentimentale ne doit pas rejaillir dans tes articles. J'imagine bien que le célibat est difficile à assumer à vingt-six ans, mais…

Il me cherche… Il me cherche… Je serre mon stylo porte-bonheur dans ma paume (à m'en faire blanchir les articulations) et tente de conserver un visage stoïque.

— Ma vie personnelle ne te regarde pas et sache que…

— Bien loin de moi l'idée d'approfondir ce sujet avec toi, dit-il en bâillant de manière ostensible avant de croiser les bras et de se pencher dans ma direction avec un regard de sniper. Quant à ton test… « En quel fromage vous réincarnerez-vous ? » Excuse-moi, mais c'est d'un creux !

— Moi, je trouve ça pertinent. D'après les résultats,

je suis fourme d'Ambert, intervient Raymond (rubrique Nature et Animaux) de son habituel ton un peu rêveur. Ça me convient bien, la fourme d'Ambert : c'est doux, mais ça a du caractère. Comme moi, je crois. La fourme d'Ambert, avec du pain frais, c'est…

— … plat. Ce test est d'une platitude sans bornes, le coupe Djonatane.

— Tout comme ta réponse à Amanda, dans le courrier des lectrices, ne puis-je m'empêcher de rétorquer.

Ses lèvres se pincent. Gagné ! Je l'agace. Tant mieux, parce que moi, j'ai carrément passé ce stade. Mes mâchoires sont serrées et mes poings crispés. Avant qu'il réplique, j'enchaîne :

— Une certaine Amanda, dix-huit ans, t'écrit au sujet de son envie de devenir vegan. Toi, tu lui balances qu'elle doit s'apprêter à faire une croix sur les barbecues et les McDo, qu'elle va devenir LA fille chiante que personne n'ose inviter parce qu'elle ne bouffe que de l'herbe et…

— Ce n'est pas tout à fait ça.

— Si !

(*Idiota*[1] *!*)

— Non !

(*Louco*[2] *!*)

— Si !

Joseph pousse un soupir agacé avant de se lever pesamment.

— Je renonce à jouer au maître d'école, j'ai passé l'âge et je n'en ai aucune envie. Je vais m'offrir un café et j'espère qu'à mon retour vous aurez cessé vos enfantillages et que nous pourrons reprendre un dialogue constructif.

Il secoue la tête puis sort de la pièce d'un pas digne alors que je me mords les lèvres, gênée de l'avoir contrarié et d'avoir laissé une fois de plus ma rancœur contre mon collègue éclater. Mais Djonatane, loin d'éprouver ce genre de sentiment louable, en profite pour me donner le coup de grâce.

1. « Idiot ! »
2. « Imbécile ! »

— Les lectrices adorent mon impertinence. Toi, tu n'as aucun style, ma pauvre Gina.

— Ah oui ? Et c'est pour ça que je suis chargée des articles de fond ? Pile ceux que tu voulais ?

En plein dans le mille !

Mais ce furet de bas étage possède un self-control HORRIPILANT. Le voilà qui rit avant de lâcher avec flegme :

— On sait tous pourquoi tu bosses ici…

— Éclaire-moi ?

Merda[1] *!* Ma voix a filé dans les aigus. Normal. On y est. Un an qu'il tourne autour du pot, à coups de sous-entendus nauséabonds. J'endure ça depuis notre arrivée. Djonatane et moi avons été embauchés en même temps et, à la suite des épreuves de recrutement, Joseph m'a confié les articles de fond et les tests psycho alors que Djonatane était assigné au courrier des lectrices et au tri de témoignages en lien avec le thème des numéros. Il ne l'a jamais digéré : il est persuadé que Joseph m'a privilégiée car il me connaît. Mais c'est FAUX ! Au départ, quand j'ai perçu l'animosité de Djonatane, j'ai même proposé à Joseph d'échanger nos rôles, mais ce dernier a refusé. Il m'a rabrouée sèchement en soulignant qu'il était conscient de ce qu'il faisait et que chacun était à sa juste place.

— Tout le monde sait pourquoi.

Djonatane balaye l'assemblée des yeux. Raymond secoue la tête pour signifier sa désapprobation, Émilie s'apprête à protester, alors que Sonia, gênée, regarde ailleurs (normal : elle en pince pour mon ennemi *number one*). Quant aux autres… Ils semblent captivés par l'échange.

— Dis-le, je t'en prie, *cher* collègue, lancé-je d'une voix vibrante de colère.

— Si tu m'y invites, *très* chère collègue… Tu es une pistonnée. Tu es une scribouillarde dénuée de talent. Tu as été embauchée à la place qui me revenait parce que Joseph est un ami de ta famille…

1. « Merde ! »

Je manque de m'étouffer de rage, alors que les autres interviennent.

— Djonatane, tu ne peux pas dire ça…

— Tu dépasses les limites !

J'ouvre la bouche pour clouer le bec de ce fils d'hyène, mais il ne m'en laisse pas le temps.

— Comment ça s'est goupillé ? Papa et maman lui ont passé un coup de fil et il a cédé ?

Papa et maman…

Soudain, tout devient flou. Le temps se suspend quelques secondes, je n'entends plus rien. Puis une rage formidable s'empare de moi. C'est à peine si je perçois le regard désolé d'Émilie, qui sait pertinemment que mes parents sont morts quand j'avais cinq ans. À peine si j'entends la mise en garde de Raymond : « Pas de carnage ! »

— Mais elle est complètement malade ! Elle m'a percé le tympan, cette folle ! Vous avez vu ? Je saigne ! braille Djonatane tout en plaquant la paume sur son oreille gauche.

Paume d'où s'écoule un filet de sang…

Ai-je vraiment fait ça ? Ai-je vraiment enfoncé mon stylo porte-bonheur dans l'oreille de Djonatane ?

Horrifiée par la violence de mon acte qui me fige, l'arme du crime à la main, comme une statue du musée Grévin, je suis soudain assaillie par le remords. On s'agite autour de ma victime. Hébétée, je contemple mes collègues : Violette RIT sous cape (comment peut-elle s'amuser de me voir devenir une dangereuse psychopathe ?) alors que Raymond murmure « qu'il l'avait vu venir ». Les autres entourent Djonatane qui, pour une fois, a perdu toute sa superbe et se contorsionne sur sa chaise en pointant un doigt accusateur sur moi.

— Je n'entends plus rien ! Cette hystérique m'a vraiment percé le tympan !

La porte s'ouvre brusquement et Joseph apparaît. Yeux écarquillés, il constate le désastre pendant que Romy lui résume les événements.

— D'accord, dit-il d'un ton soucieux. Appelez les pompiers, voulez-vous, Romy ? Il faut que Djonatane soit pris en charge dans les plus brefs délais.

Les pompiers…

Djonatane est-il sur le point de passer l'arme à droite par ma faute ? Je dois l'admettre : il est vraiment pâlot. Genre blanc d'œuf. Genre mes cuisses en début (et en fin) d'été. Est-ce qu'on peut mourir d'une perforation de tympan ? Vais-je finir mes jours coincée dans une cellule en combi extra-large ? Je frissonne. J'ai VU *Orange Is the New Black.* Quand on a visionné cette série en entier, on sait très bien que l'orange n'est pas du tout, du tout le *new black* et qu'être incarcérée est la pire des choses qui puisse vous arriver. Les mycoses dans la douche, la guerre de pouvoir entre détenues, la nourriture insipide… Je devrais sûrement me battre contre un Golgoth au féminin… *Non, pitié !* Je ne le supporterai pas.

Je jette un regard de souris traquée vers la porte vitrée, songeant à fuir à toutes jambes. Oui, je pourrais faire ça… J'enfourche ma trottinette électrique et je carbure vers l'horizon. Je me condamne à une vie de cavale mais, après tout, les fugitifs heureux, ça existe. Prenons l'exemple des mecs de *Casa de papel.* Mon cœur se gonfle d'espoir un instant, jusqu'à ce que je réalise que le *profesor* et ses potes disposent d'un sacré magot pour vivre à peu près sereinement, ce qui est loin d'être mon cas. Non, je serai incarcérée avec pour seule satisfaction le fait d'avoir réussi à mettre ma victime hors d'elle.

— Gina. GINA ! Ressaisis-toi !

Je sursaute au contact de la main ferme de Joseph sur mon épaule et me rends compte que je suis en train de gémir très bruyamment.

— Je vais porter plainte pour agression ! Je vais détruire ta carrière de journaliste à la noix ! menace Djonatane. Tu vas voir, je vais faire de ta vie un…

— Calmez-vous, Djonatane, intervient Joseph d'un ton sans appel. Attendez les pompiers sans vous agiter. Sonia, restez avec lui et assurez-vous qu'il demeure tranquille. Les autres, retour au boulot. Quant à toi, Gina Josefa Magdalena Ferreira, suis-moi.

Il a utilisé mes trois prénoms. C'est que c'est sérieux. Que je suis virée.

Je m'effondre. Ma carrière est finie. *Over*. Terminée. Que vais-je faire de ma vie ? C'est la question qui me trotte en tête alors que j'emboîte piteusement le pas à mon boss.

— Comment as-tu pu en arriver là ? lance-t-il sévèrement après s'être assis derrière son bureau. J'ai toujours été clair à ce sujet : les membres de l'équipe de *Oups magazine* doivent travailler en harmonie. Ce n'est pas parce que j'étais ami avec ton grand-père que je suis censé être indulgent avec toi, Gina. Tu as outrepassé les règles. Tu as physiquement agressé un collègue, qui souhaite porter plainte. Je devrais te renvoyer. Je devrais…

Il soupire et se tait.

Je me tords les mains tout en repassant la scène dans mon esprit. La journée avait pourtant bien commencé. J'étais décidée à rester calme, comme me l'avait expressément demandé ma tante dans l'un de ses innombrables vocaux quotidiens.

7 h 30 – Message vocal de Maxima

« Allez *queridinha*[1] ! Le vin veut toujours devenir porto ! Djonotane est un raté, un rouge qui pique, un premier prix qu'on n'utilise même pas dans la sauce de l'*arroz de Marisco*[2]. Tout a commencé avec son prénom, pas vrai ? Djonatane… Ses tentatives pathétiques pour te faire sortir de tes gonds devraient te faire rire. Rire aux éclats, même ! Tu es supérieure à lui. C'est d'ailleurs un des traits caractéristiques de notre famille, d'être au-dessus des masses. Tu… Livio ! Lâche cette pantoufle ! LÂCHE ! »

7 h 34 – Message vocal de Maxima

1. « Chérie ».
2. Plat de riz aux fruits de mer.

« Pardon, ce chien me rend folle. Il s'est mis en tête de manger toutes mes chaussures. Là, il a foncé dans le jardin. Je ne sais pas ce qu'il a, à fourrager tout le temps dans la haie… Bref, tout ça pour te dire de rester calme pour la réunion de ce matin, OK ? Rappelle-moi après ! »

7 h 36 – Message vocal de Maxima

« Je t'aime, *queridinha* ! »

Oui, je voulais rester zen. Je le souhaitais de tout mon cœur. Et au lieu de ça, j'ai quasiment commis un meurtre au stylo.

— Je ne protesterai pas car je suis coupable, soufflé-je, tête baissée.

— Gina, regarde-moi.

Je me redresse, les larmes aux yeux.

— Je ne te renvoie pas.

L'espoir me fait trembler, mais il fronce les sourcils et poursuit :

— Par contre, je t'expédie chez toi. Tu vas télétravailler pendant un long, très long moment.

— Mais… je… ?

— Je ne peux pas te garder ici : ce que tu as fait est trop grave. Imagine si l'inverse s'était passé ; j'aurais dû me séparer de Djonatane. Je connaissais si bien ton grand-père que je ne peux pas te renvoyer comme ça, d'autant plus que tu écris vraiment bien, mais tu comprends que je dois agir. De toute façon, tu ne t'es jamais vraiment sentie à ta place à Nice. Je le vois bien. Tu sembles un peu perdue et tu parles sans cesse de Port-la-Nouvelle. Tu as besoin de retrouver ta famille et tes amis, surtout en cette période de Noël. Tu n'as aucune attache, ici. Tu enchaînes les rencontres décevantes…

Mais comment sait-il ça ?

— Romy est une redoutable informatrice, complète-t-il, comme s'il avait lu dans mes pensées.

Il n'a pas tort, mais…

— Tu conserveras ta rubrique et tu ne seras présente physiquement que pour les réunions de préparation de numéros, le temps que les choses se tassent. Oui, ça se tassera : je vais tout faire pour que Djonatane ne porte pas plainte. Ensuite, quand le calme sera revenu… eh bien, tu pourras choisir : revenir ici ou rester en télétravail.

— Mais…

— Pas de mais. Crois-moi, Gina, je t'ai embauchée pour ton talent. Tu as un don pour parler aux jeunes femmes, pour trouver les sujets et le ton qui font mouche. Mais là, je te fais une grosse faveur, donc je te conseille d'accepter et de filer sans trop traîner.

Je hoche la tête et lui souris avec gratitude. Et alors qu'il esquisse une mimique amusée tout en marmonnant « avec un stylo, tout de même… Les femmes d'aujourd'hui ne s'en laissent pas conter ! », je réalise que j'ai déjà l'esprit tourné vers Port-la-Nouvelle. Vers la mer, vers le vent, qui semble parfois ne jamais s'arrêter pendant des jours, vers les immenses cargos qui entrent et sortent du port, vers le phare rouge et blanc, au bout de la jetée, et vers la famille et les amis de toujours qui m'attendent.

Composé et édité par HarperCollins France.

Achevé d'imprimer en septembre 2023.

BLACK PRINT

Barcelone

Dépôt légal : octobre 2020.

MIXTE
Papier issu de sources responsables
FSC® C108412
FSC
www.fsc.org

Pour limiter l'empreinte environnementale de ses livres, HarperCollins France s'engage à n'utiliser que du papier fabriqué à partir de bois provenant de forêts gérées durablement et de manière responsable.

Imprimé en Espagne.